# 먹방의 고수

주봄 글 | 국민지 그림

북멘토

# 차례

# 공포의 몽타주

그 녀석이 등장하기 전까지 식당은 평화로웠다. 고소한 고기 냄새는 라일락 꽃향기보다 향기로웠고, 숟가락과 젓가락이 부딪히는 소리는 실로폰 소리보다도 경쾌했다. 무한 리필 고깃집 '먹고 또 먹어'는 그렇게 언제까지나 평화로울 것만 같았다. 누군가의 목소리가 사이렌처럼 울리기 전까진⋯⋯.

"떴어요, 떴어! 공포의 삼지창 국자!"

샐러드 바를 정리하던 종업원 얼굴이 창백해졌다. 사장은 카운터에서 꾸벅꾸벅 졸다 머리를 쿵 하고 박을 뻔했다.

"맙소사! 이번엔 우리 식당에?"

사장은 벌벌 떨리는 손으로 주머니를 뒤졌다. 오른쪽 바

지 주머니 깊숙이 꼬깃꼬깃한 종이 한 장이 잡혔다. 이 동네 무한 리필 식당 사이에서 비밀리에 돌고 있는 공포의 몽타주였다.

딸랑딸랑. 식당 문이 열리고 녀석이 들어왔다. 사장은 녀석과 몽타주를 번갈아 보았다. 제발 그 녀석이 아니기만을 간절히 빌면서……. 키 172센티미터에 몸무게 82킬로그램, 덥수룩한 바가지머리에 양쪽으로 쏙 들어간 보조개.

몽타주를 든 사장의 손이 점점 떨리기 시작했다. 열세 살이지만 어린이 쇼핑몰에는 맞는 옷이 없어서 어른 옷에 포켓몬 캐릭터를 직접 그려 입는다는 그 아이. 게다가 옆구리에 달랑거리는 아이스크림 모양 크로스백까지. 분명했다. 그 녀석이 확실했다.

녀석이 크로스백에서 숨겨 둔 무기를 꺼냈다. 두툼한 손잡이가 달린 커다란 국자. 국자 끝에 달린 삼지창이 형광등 불빛에 비쳐 번쩍거렸다. 과연 녀석은 오늘 얼마나 먹어 치울 것인가. 시끌벅적한 식당 안에서 사장과 주방장은 두 손을 맞잡고 조용히 떨고 있었다.

# 오늘도 공짜

불판 가득 고기가 지글지글 익었다. 나는 다 익은 고기를 가장자리로 옮기며 말했다.

"엄마, 남은 거 다 올려 줘. 그리고 얼른 한 접시 더!"

엄마가 카운터에 앉은 사장님 눈치를 슬쩍 보며 말했다.

"이거 먼저 먹고 굽지. 벌써 열한 접시째인데……."

"어차피 다 먹을 건데 그냥 빨리 올려. 나 먹다 끊기는 거 싫단 말야."

누나가 말했다.

"이영찬, 넌 양심도 없냐? 이 동네 무한 리필 집 사장님들이 대체 무슨 죄를 지었다고."

"무한 리필이 괜히 무한 리필이야? 먹고 싶은 만큼 계속 먹을 수 있으니까 무한 리필이지."

누나한텐 당당히 말했지만, 괜스레 뒤통수가 따가웠다. 실은 나도 아까부터 사장님이 나를 노려보고 있단 걸 알고 있었다. 나는 애써 뒤를 돌아보지 않으며 입안에 고기 다섯 점을 한꺼번에 넣었다. 옆 테이블에 앉은 꼬마가 나를 보며 말했다.

"우아, 나도 저 형아처럼 먹어 볼래."

꼬마가 포크로 고기 다섯 점을 쿡쿡 집었다. 그 모습을 본 우리 엄마가 깜짝 놀라며 아이를 말렸다.

"어머! 아서라, 아가야. 아무나 따라 했다간 큰일 난다. 애는 처음부터 태어나길 별나게 태어난 애야."

엄마는 꼬마가 포크에서 고기 네 점을 다시 뺄 때까지 꼬마에게서 눈을 떼지 않았다. 그러거나 말거나 나는 한 번 더 고기 다섯 점을 한 쌈에 싸서 먹었다. 엄마는 그런 내 모습을 보더니 한숨을 내쉬며 혼잣말을 중얼거렸다.

"에휴, 왜 하필 영찬이가 아버님을 닮아서는……."

여기서 엄마가 말하는 '아버님'은 바로 나의 할아버지다. 돌아가신 할아버지 역시 소문난 대식가였다고 했다. 아빠

말로는 할아버지가 젊었을 땐 소 한 마리를 한 끼에 다 드셨단다. 아빠는 엄마 눈치를 살피며 가위로 큼직한 고깃덩이 한가운데를 잘랐다. 나는 황급히 아빠 손에서 가위를 빼앗았다.

"내 건 자르지 마. 고기는 자고로 씹는 맛이라고."

"그래도 이건 너무하잖아?"

아빠가 내 손에서 다시 가위를 빼앗으려는데 형이 막았다.

"아빠, 괜히 팔 아프게 고생하지 말고 지 맘대로 먹게 그냥 둬. 어차피 저거 다 이영찬 입으로 들어갈 거야."

아빠가 포기한 듯 가위를 내려놨다. 맞는 말이다. 식탁에는 엄마, 아빠, 형, 누나 그리고 나까지 다섯 식구가 앉아 있지만 저 고기를 먹을 사람은 나밖에 없었다. 다른 식구들은 이미 숟가락을 내려놓은 지 오래다. 나는 내 보물 '곰돌이 푸 숟가락'으로 자르지도 않은 큰 고기를 쿡 집었다. 누나가 주변 눈치를 살피며 말했다.

"엄마, 이영찬 저 국자 못 들고 다니게 하면 안 돼? 사람들이 쳐다볼 때마다 창피해 죽겠어. 이모는 왜 저런 걸 사줘 가지고."

나는 누나한테 입술을 삐죽거렸다.

"국자 아니거든? 숟가락이거든?"

내 보물 1호 곰돌이 푸 숟가락. 작년 생일에 캘리포니아에 사는 이모가 디즈니랜드에서 샀다며 보내 준 거다. 나는 이모가 준 생일 선물이 엄마가 사 준 최신 패드보다 훨씬 더 마음에 들었다. 안 그래도 작은 숟가락으론 여러 번 떠먹느라 팔이 다 아플 지경이었는데, 이모가 준 숟가락은 나한테 딱 맞는 선물이었다. 게다가 숟가락 끝에 달린 삼지창은 고기 같은 걸 찍어 먹기에도 딱이었다. 그래서 난 언제 어디서나 먹을 때를 대비해서 크로스백에 이 숟가락을 넣어 다닌다.

나는 큼지막한 고기를 반으로 한 번 접어 입에 넣었다. 형이 지루한 표정으로 휴대폰을 확인하다 말했다.

"궁금한 게 있는데, 넌 그렇게 먹으면 하루에 똥은 몇 번이나 싸냐?"

아, 진짜 밥 먹는데 입맛 떨어지게. 나도 맞받아 뭐라고 쏘아붙이려는데 누나도 거들었다.

"이영찬, 너 오늘 나랑 오빠 축하 외식인 건 알지? 그러니까 양심이 있으면 이제 눈치껏 그만 먹어라. 주인공인 나랑 오빠는 진작 다 먹었는데 너 때문에 나가지도 못하고 계속 앉아 있잖아?"

나는 결국 숟가락을 내려놓았다. 중학생인 누나는 이번 중간고사에서 또 1등을 했고, 예고 다니는 형은 얼마 전 미술 대회에서 금상을 탔다. 우리 가족의 외식은 늘 그랬다. 보통 형이나 누나를 축하하러 나왔고, 내가 제일 많이 먹었다.

하지만 많이 먹으면서도 내 맘이 마냥 편하기만 한 건 아니다. 아무도 안 믿겠지만 나 역시 먹으면서도 속상하다. 나도 내 재능을 찾아보려고 미술, 피아노, 태권도, 축구 등 안 배워 본 게 없다. 하지만 지금껏 뭘 하든지 중간 이상 해 본 적이 없다. 피아노는 바이엘을 넘어가면서 진도가 잘 안 빠졌고, 태권도도 파란 띠까지 가는 데만 남들보다 두 배나 시간이 걸렸다. 하물며 받아쓰기는 늘 50점을 밑돌았다. 안타깝게도 내가 잘하는 거라곤 고작 먹는 것밖에 없다. 하지만 먹는 걸 잘하는 건 아무런 쓸모가 없다.

엄마는 주문서를 들고 미리 계산하러 갔다가 한숨을 푹

쉬며 돌아왔다.

"대단하다, 이영찬. 여기서도 공짜로 먹고 가란다."

나도 모르게 어깨가 축 처졌다. 왜 공짜인지는 안 물어봐도 뻔하다. 벌써 여덟 번째 당하는 일이었다. 오늘 식사값을 안 받는 대신 다신 오지 말아 달란 거다. 다른 사람들 같으면 그런 법이 어디 있냐며 항의할 법도 하지만 우리 가족은 그냥 아무 말 없이 한숨만 쉬었다. 내 생각에도 내가 많이 먹긴 했다. 원래 우리 가족 단골이었던 무한 리필 고깃집은 얼마 전에 망했다. 나 때문이라고 할 순 없겠지만 왠지 양심에 찔렸다.

엄마가 신용 카드를 다시 지갑에 넣으며 중얼거렸다.

"먹는 거 말고 다른 걸 이렇게 잘했으면 얼마나 좋아?"

불판에선 고기가 바싹 익다 못해 타기 직전이었다. 하지만 나는 다시 숟가락을 들지 않았다.

# 치킨 먹는 멸치

앗싸! 드디어 신나는 점심시간이다. 나는 오직 이 시간을 위해 학교에 온다. 급식실에 들어가자마자 구수한 냄새가 진동했다. 오늘 메뉴는 내가 엄청나게 좋아하는 것. 나는 어느 때보다 더 밝은 목소리로 영양 선생님께 인사했다.

"선생님, 안녕하세요. 콩나물밥! 오예!"

콩나물밥은 내가 진짜 진짜 좋아하는 급식 메뉴 중 하나다. 물론 내가 진짜 진짜 좋아하는 급식 메뉴 리스트에는 콩나물밥 말고도 떡국, 비빔밥, 카레, 짜장, 갈비찜, 스파게티 등 총 일흔두 가지 음식이 있긴 하다. 영양 선생님은 콩나물밥 통을 슬쩍 등 뒤로 숨겼다. 선생님은 웃고 있었지만 입꼬리가 가늘게 떨리고 있었다.

나는 식판을 한 번에 두 개 들고 줄을 섰다. 팔이 네 개, 아니 다섯 개, 여섯 개가 된다면 한 번에 더 많은 식판을 들 수 있을 텐데. 나는 조리사님께 식판 두 개를 내밀며 말했다.

"많이 주세요."

조리사님이 밥 칸 가득 콩나물밥을 퍼 줬다.

"더 주세요. 더 많이."

나는 그렇게 '더 많이'를 세 번 더 외쳤다. 그냥 처음부터 많이 주면 되는데 조리사님들은 꼭 이렇게 말을 더 시킨다. 나는 드디어 완성된 콩나물밥 탑을 양손에 들고 자리에 앉았다. 아이들이 내 식판을 보며 수군거렸다.

"쟤 좀 봐. 오늘도 저만큼 받아 왔어."

"진짜 다 먹을 수 있을까? 우리 내기할래?"

신경 안 쓰고 먹으려고 해도 그러기가 힘들었다. 심지어 어떤 애들은 자리에서 일어나 숟가락을 든 채 나만 보고 있었다. 밥 먹는데 거슬리게 맨날 왜 저런담? 한두 번 보는 것도 아니면서. 그런데 그때, 옆 테이블에서 누군가가 말했다.

"어, 저기 봐. 개잖아, 개."

옆 테이블 아이가 손가락으로 급식실 입구를 가리키고 있었다. 아이가 가리킨 쪽을 바라보니 급식실에 긴 생머리 여자애가 들어오고 있었다. 옆 반 이세진이라는 애였다. 빨간 원피스에 긴 생머리를 한 이세진은 유난히 하얀 얼굴에 이목구비까지 뚜렷해서 멀리서도 눈에 띄었다.

"쟤가 그 초등 유튜버 맞지? 뷰티 유튜브 찍는댔나?"

"그렇대. 근데 가까이에서 보니까 생각보다 별론데?"

나한테 몰렸던 시선들이 순식간에 이세진한테로 옮겨 갔다. 휴, 덕분에 난 편하게 밥 먹을 수 있게 됐다. 나는 식판 앞에 의자를 당겨 앉았다. 옆 테이블 아이들은 아직도 이세진에 대해 떠들어 대고 있었다. 하도 수군거리길래 나도 다시 이세진을 흘끔 돌아보았다. 뷰티 유튜브라고? 그게 뭔지 잘 모르겠지만 애들 말론 저 애가 영상에서 어린이 화장품 같은 걸 소개한다고 했다.

이세진은 아이들 시선을 신경 안 쓰는 듯 도도하게 앞만 보고 걸었다. 하지만 너무 앞만 보고 걷는 게 오히려 더 어색해 보이기도 했다. 이세진 쟤도 참 피곤하겠다. 도대체 유튜브 같은 건 왜 하는 걸까. 하지만 이세진에 대한 관심

은 딱 여기까지. 지금 제일 중요한 건 내 앞에 음식이 있다는 거다.

나는 식판 앞에서 기도하듯 두 손을 모았다. 그리고 나만 들을 수 있는 아주 작은 소리로 웅얼거렸다.

"냠냠냠. 맛있는 점심. 감사합니다. 친구들아, 잘 먹자."

유치원 때부터 불러 온 식사 노래다. 6학년이나 되어서 이제 이런 노래를 부르는 사람은 없지만 난 아직도 꼭 식사 전에 이 노래를 부른다. 어릴 적, 노래를 부르고 밥을 먹을 때마다 복스럽다며 한 마디씩 칭찬을 들었기 때문일까. 나는 아직도 이 노래를 부르지 않으면 밥 먹기 전에 손을 안 씻은 것 같은 찜찜한 느낌이 든다.

나는 자리에 앉아 아이스크림 모양 크로스백에서 곰돌이 푸 숟가락을 꺼냈다. 김이 모락모락 나는 콩나물밥에 짭쪼름한 간장을 넣어 슥슥 비비니 벌써 입에서 군침이 돌았다. 이제 준비는 끝났다. 나는 노릿노릿 잘 비벼진 콩나물밥을 한 숟가락 가득 퍼서 입에 넣었다.

부드러운 밥 사이로 콩나물이 뽀득뽀득 씹혔다. 콩나물밥이 목구멍으로 넘어가자 머릿속에 그림이 그려졌다. 하얀 눈밭. 콩나물밥은 꼭 하얀 눈밭 위를 뽀드득 뽀드득 걸어가는 그런 맛이었다. 사실 나에게는 잘 먹는 것 말고도 쓸데없는 재주가 하나 더 있다. 그건 바로 음식을 먹을 때마다 머릿속에 맛이 그려진다는 거다.

다섯 숟가락 만에 식판 하나를 다 끝내 버렸다. 두 번째 식판 역시 금방 끝내고, 그렇게 세 번을 더 먹었다. 한 번 더 받으러 가려는데 누가 내 옆에 자기 식판을 쓱 내밀었다. 돌아보니 우리 반 신지호였다. 딱 달라붙은 티셔츠를 입어서인지 오늘따라 빼빼 마른 몸이 더 말라 보였다.

"이영찬, 오늘도 부탁해."

신지호는 나랑 별로 친하지도 않으면서 자기 입에 안 맞는 급식이 나올 때마다 꼭 나를 찾는다. 자기 것도 먹어 달란 거다. 잔반을 정리할 때, 영양 선생님 잔소리를 피해 가기 위해서다. 그런데 생각해 보니 신지호 이 자식 지금껏 나한테 고맙다고 빵 하나 사 준 적이 없다. 맨날 순순히 먹어 줬는데 갑자기 오늘은 괘씸하단 생각이 들었다. 나는 신지호 식판을 밀어내며 말했다.

"내가 왜? 고마워하지도 않으면서? 고마우면 먹을 거라도 사 주든가.”

신지호가 눈을 커다랗게 치켜떴다. 눈썹 위 여드름도 같이 씰룩했다. 신지호는 나보다 키는 머리통 두 개만큼 작은데 얼굴엔 벌써 여드름이 많이 났다.

‘오늘만큼은 그냥 넘어가지 말아야지.’

나는 숟가락을 움켜쥐고 다짐했다. 사람은 자고로 은혜를 알아야 한다고 도덕 시간에 배웠다. 반드시 크림빵 하나라도 받아 내고야 말겠다. 그런데 갑자기 무슨 생각에서인지 신지호가 검지로 이마 여드름을 만지작거리며 여유로운 표정을 지었다.

“글쎄……. 이영찬, 네가 나한테 고마워해야 할걸?”

저건 또 무슨 갈비탕에 물 말아 먹는 소리람? 나는 기가 막혀 식판을 들고 일어섰다. 더 먹고 싶으면 내가 더 받아 먹으면 되지. 나는 보란 듯이 신지호를 지나쳐 배식대로 갔다. 그런데 그때였다. 영양 선생님이 두 팔을 벌리고 콩나물밥 앞을 막아서는 게 아닌가?

“영찬아, 이제 다른 친구들도 생각해 줘야지?”

이럴 수가. 벌써? 아직 얼마 안 먹은 것 같은데. 하지만 영양 선생님 말론 내가 혼자 콩나물밥 한 판을 다 먹었다고 했다. 나는 어쩔 수 없이 빈 식판으로 자리에 돌아왔다. 신지호가 나를 보며 실실 웃고 있었다.

"어때? 네가 나한테 고마워해야 하는 게 맞지?"

신지호가 자기 식판을 내 쪽으로 밀었다. 신지호 식판엔 한 숟가락도 안 뜬 새 밥이 그득했다. 왠지 분했지만 아무 말도 못 하고 신지호 식판을 내 식판이랑 바꿨다. 신지호는 씩 웃으며 식탁 밑에서 휴대폰을 하기 시작했다.

얄미운 신지호. 그냥 영양 선생님한테 확 일러 버릴까? 밥도 안 먹고 몰래 유튜브만 보고 있다고 말이다. 그런데 도대체 뭘 보길래 저렇게 실실거리는 거지? 나는 궁금한 맘에 슬쩍 훔쳐보았다. 신지호 휴대폰에선 두 볼이 홀쭉한 형이 치킨을 먹고 있었다. 나는 콩나물밥을 한가득 입에 넣고 툴툴거리듯 물었다.

"신지호, 넌 네 밥도 안 먹으면서 왜 남이 먹는 걸 보고 있냐?"

그러자 신지호가 영양 선생님 눈치를 보며 내 쪽으로 휴대폰을 내밀었다.

"너도 한번 봐 봐. 얼마 전에 새로 나온 먹방러 멸치야.
고등학생이라는데 첫 영상 올린 지 한 달 만에 벌써 구독자
가 전체 1위야. 진짜 대단하지 않냐? 보기만 해도 배가 부
르다고."

멸치? 뭐 이런 희한한 이름이 다 있지? 세상에 닭 잡아먹
는 멸치도 있나? 그런데 그러고 보니 멸치란 형은 신지호
보다도 빼빼 마르고, 얼굴까지 홀쭉한 게 진짜 바다에 사는

멸치랑 닮은 것도 같았다. 멸치는 쉬지 않고 치킨을 먹었다. 마치 온 세상 닭들을 멸종시키고 말 것 같은 무서운 속도였다. 통통한 치킨 조각은 입에 들어가기만 하면 1초 만에 뼈가 되어 나왔다.

신지호 얼굴은 정말 안 먹어도 배불러 보였다. 혹시 진짜로 보기만 해도 배가 불러지는 먹방이라도 있는 걸까? 신지호 저 희한한 녀석 때문에 나까지 이상한 생각을 하고 만다.

말이 나온 김에 하는 말이지만 신지호는 진짜 희한한 놈이다. 저 자식은 쉬는 시간이나 점심시간뿐만 아니라 수업 시간에도 몰래 책상 밑에서 유튜브를 본다. 내 자리가 신지호 바로 뒷자리라서 잘 안다. 뒤에서 보면 신지호가 뭘 검색하는 지도 다 보인다. 그 덕에 나는 신지호랑 안 친한데도 요즘 신지호가 무엇에 관심이 있는지까지 알 수 있다.

식판에서 마지막 한 숟가락을 박박 긁는데 신지호가 말했다.

"먹방이 따로 없고만."

고개를 들어 보니 신지호가 휴대폰이 아니라 나를 보고

있었다. 왠지 놀리는 것 같아 기분 나빴다. 아까부터 슬슬 약이 오르던 차였는데 오늘 한판 붙어 봐? 여우 같은 신지호는 내 눈치를 살살 보며 히죽거렸다.

"왜 그렇게 무섭게 쳐다봐? 장난인 줄 알면서. 대신 식판은 이 형아가 정리해 줄게."

저 자식이 정말. 키는 나보다 작으면서 여드름 먼저 났다고 툭하면 자기가 형이란다. 나는 뭐라고 더 대꾸하려다 그냥 참았다. 형님은 무슨 형님. 키로 보나, 몸무게로 보나 당연히 내가 형이지. 그래서 오늘도 형님인 내가 참고 말았다.

# 배 터져 점보 라면

학교가 끝나고 나니 또 출출해졌다. 벌써 배 속에 그 많던 콩나물밥이 다 꺼진 건가. 하긴, 점심때도 그렇게 양껏 먹지는 못했다. 배가 찢어지도록 먹고 싶은데 집에서도 그럴 순 없을 거다. 냉장고엔 먹을 것도 별로 없을 거고, 있다 한들 가족들의 구박을 참아 내며 먹어야 한다. 안 되겠다. 그냥 뭐라도 먹고 들어가야지.

마침 학교 앞에 새로 생긴 '배 터져 라면 가게'가 눈에 띄었다. 배 터져 라면 가게에는 오늘따라 문밖까지 사람들이 삐져나와 있었다. 안 그래도 예전부터 한번 가 보려고 했는데 잘됐다. 오늘은 꼭 먹어 봐야지.

"잠시만 비켜 주세요. 저 좀 들어가겠습니다."

나는 사람들 틈을 비집고 들어갔다. 양손으로 앞을 헤치며 힘으로 밀치니 사람들은 싫은 티를 내면서도 비켜났다. 그런데 막상 가게 안까지 들어와 보니 테이블에 앉아 있는 사람은 고작 한 명뿐이었다. 나머지는 다 주위에서 구경하는 사람들이었다.

　원래도 배 터져 라면 가게에는 라면을 먹으러 오는 사람들보다 구경하러 오는 사람이 더 많았다. 점보 라면 때문이다. 점보 라면은 양이 보통 라면의 열다섯 배나 된다. 또 점보 라면을 10분만에 다 먹으면 상으로 라면 쿠폰 100장을 준다. 소문에 따르면 도전하는 사람들은 많았지만, 지금까지 성공한 사람은 단 한 명도 없댔다. 가게가 생긴 지 얼마 안 되기도 했지만, 그만큼 점보 라면은 양이 정말 무지막지하기 때문이다. 함부로 덤볐다가 위경련으로 병원에 실려 간 사람도 있다고 했다.

　어디에 앉을까 두리번거리고 있는데 누군가 내 어깨를 툭 쳤다. 돌아보니 신지호였다. 그런데 신지호가 이 시간에 여길 왜 왔지? 설마 신지호도 점보 라면을 먹으러? 신지호 역시 나를 보며 고개를 갸웃거렸다.

"이영찬, 네가 여길 어떻게 알고 왔어?"

"어떻게 알고 왔긴. 우리 동네에 배 터져 라면 모르는 사람도 있냐? 그러는 넌 여기 왜 왔는데? 너도 라면 먹으러 왔냐?"

내 말에 신지호가 피식 웃었다.

"아, 난 또. 찐구독자들만 알고 있는 일급 비밀을 네가 알고 왔을 리가……."

"일급 비밀? 그게 뭔데?"

신지호가 옆 테이블을 흘끔 보더니 갑자기 다가와 귓속말을 했다.

"너, 지금 저기 앉아 있는 분이 누군지 알아? 아, 맞다. 내가 아까 급식실에서 너한테 보여 줬지? 놀라지 마. 글쎄, 멸치가 오늘 여기서 먹방 촬영한대."

돌아보니 진짜 옆 테이블에 낯익은 사람이 앉아 있었다. 신지호가 보여 줬던 멸치라는 유튜버가 분명했다. 인제 보니 구석엔 카메라랑 조명을 든 아저씨 두 명도 같이 있었다. 그럼 그렇지. 입 짧은 신지호가 이 시간에 라면이라니. 그것도 배 터져 라면을…….

신지호가 말했다.

"이영찬, 넌 오늘 멸치 님이랑 멀리서라도 같이 식사하게 된 걸 영광인 줄 알아라. 촬영에 방해 안 되게 웬만하면 조용히 좀 먹고. 그럼 이 형님은 이만."

신지호는 턱에 난 여드름을 만지작거리며 멸치 쪽으로 갔다. 참나, 자기가 뭔데 나한테 조용히 먹으라 마라야? 그나저나 멸치가 그렇게 대단한 사람인가. 머릿속 질문에 대답이라도 하듯 사람들이 수군거리는 소리가 들렸다.

"멸치한테 점보 라면 한 그릇은 식은 죽 먹기겠지?"

"그럼, 천하의 멸치 님인데 당연하지."

사람들은 휴대폰으로 멸치를 찍느라 야단이었다. 난 저 사람들이 도무지 이해가 안 갔다. 딴 사람 먹는 거 구경하는 게 뭐가 그리 좋다고 저러는 걸까. 내가 먹어야 좋은 거지. 신지호도 마찬가지다. 자기는 하나도 안 먹으면서 맨날 남 먹는 것만 본다. 유튜브의 꽃은 먹방이라나? 마침 종업원 아저씨가 메뉴판을 들고 왔다. 나는 메뉴판을 펴 보지도 않고 말했다.

"점보 라면 주세요."

여기까지 왔으면 볼 것도 없이 점보 라면이다. 도전하려

고 주문한 게 아니라 그냥 많이 먹고 싶어서 주문한 거다.
아저씨가 말했다.

"이거 진짜 양 많은데 혹시 누가 더 오니? 다른 메뉴들도
있는데. 설마…… 도전은 아니지?"

"그냥 많이 먹고 싶어서 그래요."

아저씨는 그제야 주문지에 점보 라면 하나를 표시했다.
아저씨가 돌아서며 피식 웃는 게 보였다. 나 진짜 많이 먹

는데……. 갑자기 괜한 승부욕이 돌았다.

잠시 뒤, 주방에서 우렁찬 목소리가 들렸다.

"점보 라면 나왔습니다."

멸치 테이블에 먼저 점보 라면이 나왔다. 점보 라면 그릇은 아기가 들어가 목욕을 해도 될 정도로 커다랬다. 위에서 봐도 엄청났지만, 옆에서 봐도 깊이가 상당했다. 보통 라면 15인분 양이라니 그럴 만도 했다. 카메라맨은 라면을 여러 각도로 돌아가며 찍느라 분주했다. 멸치는 라면 앞에서 냄새도 한 번 맡고, 젓가락을 들고 포즈도 취했다. 먹을 거 앞에 두고 저게 다 뭐 하는 거람.

잠시 뒤, 주방에서 우렁찬 주방장 목소리가 또 한 번 들렸다.

"점보 라면 나왔습니다."

사람들이 갑자기 수군댔다.

"뭐야? 또 누가 점보 라면을 시켰어?"

나다. 저건 내 거다.

"설마 멸치랑 대결인 건가?"

아니. 난 그런 데 관심 없다. 그냥 먹으러 왔다.

내 테이블에도 김이 모락모락 나는 점보 라면이 서빙되었다. 멸치에게 집중했던 사람들이 나를 기웃거리는 게 느껴졌다. 멸치도 무슨 일인가 싶었는지 나를 흘끔 쳐다봤다. 짧은 순간, 멸치가 나를 위아래로 훑는 게 느껴졌다. 왜 그런지 모르겠지만 뭔가 거슬리는 듯한 표정이었다.

멸치 앞 카메라맨이 손가락으로 사인을 보냈다. 멸치가 급히 표정을 환하게 바꾸며 오프닝을 시작했다.

"안녕하세요. 멸치 채널 시청자 여러분! 오늘 도전은 점보 라면 빨리 먹기입니다. 특별한 도전인 만큼 한 가지 주의 사항이 있는데요. 그건 바로 어린이나 노약자는 따라 하지 않기! 안타깝게도 지금 제 옆 테이블에도 점보 라면을 시킨 순진한 어린이가 있네요. 먹다가 배 터져서 쓰러질 게 분명하니 제 거 먼저 얼른 먹고 구하러 가도록 하겠습니다."

멸치 멘트에 가게에 있던 사람들이 키득거렸다. 가만히 있는 나한테 갑자기 왜 저러는 거지. 그것도 평화롭게 점보 라면을 먹으려는 나에게. 여기서 가만히 있을 내가 아니다. 먹을 때는 개도 안 건드린다는 속담도 있다.

"저 다 먹을 건데요. 그러니까 제 거 뺏어 먹을 생각은 하지도 말아요. 한 젓가락도 안 줄 거예요!"

멸치가 멘트를 하다 말고 멈칫했다. 신지호가 쏜살같이 달려와 내 입을 막았다.

"야, 너 촬영 중에 그렇게 큰 소리로 말하면 어떡해."

카메라맨도 나를 화면에 잡아야 하나 말아야 하나 우왕좌왕하는 것 같았다. 아, 촬영 중이었지. 하지만 먼저 시비를 건 쪽은 멸치다. 알아서 편집하든지 말든지. 멸치가 얼른 당황한 기색을 감추며 멘트를 날렸다.

"요즘 어린이들은 참 겁도 없다니까요. 그럼 저 멸치는 저의 도전에만 충실하겠습니다. 겁 없는 아이들에겐 때론 따끔한 경험도 필요한 법이니까요."

멸치의 깔끔한 멘트에 상황이 다시 정리되었다. 사람들은 고개를 끄덕이며 다시 멸치에게로 시선을 돌렸다. 하지만 나는 멸치 말에 자존심이 상했다. 이거 내가 얼마나 잘 먹는지 오늘 한번 보여 줘?

나는 점보 라면 앞에 자세를 잡고 바르게 앉았다. 멸치도 의자를 찌익 끌어당기며 자세를 고쳐 앉았다. 그렇게 나와 멸치의 식사가 본격적으로 시작되었다.

멸치가 큰 소리로 멸치 송을 불렀다. 유튜버 멸치의 트레이드 마크인 식사 노래였다.

"초록빛 바닷물에 멸치가 나타나면, 초록빛 바닷물에 멸치가 나타나면."

나는 작은 소리로 냠냠냠 송을 불렀다.

"냠냠냠. 맛있는 점심. 잘 먹겠습니다. 감사합니다. 친구들아, 잘 먹자."

멸치가 바다가 그려진 젓가락 통에서 자기를 닮은 가느다란 집게를 꺼냈다.

나도 아이스크림 모양 크로스백에서 곰돌이 푸 숟가락을 꺼냈다.

멸치가 집게로 라면 열 가닥 정도를 한꺼번에 집었다.

나는 숟가락으로 국물까지 한 번에 퍼 올렸다.

멸치는 작은 입으로 후루루룩 끊지 않고 면발을 빨아들였다.

나는 입속에 국자 같은 숟가락을 통째로 넣었다.

후루루룩 꿀꺽.

후루루룩 꿀꺽.

멸치는 젓가락질을, 나는 숟가락질을 멈추지 않았다. 멸치가 먼저 후루루룩 하고 면발을 빨아들이면 나는 옆에서 꿀꺽하고 국물까지 통째로 삼켰다. 멸치와 난 꼭 돌림 노래를 주고받는 것처럼 쉬지 않고 먹었다. 매콤하고, 뜨뜻한 라면이 내 몸에 작은 불을 지폈다. 모닥불. 점보 라면은 꼭 캠핑장에 피워 놓은 모닥불 같았다.

사람들이 속삭이는 소리가 들렸다.

"저기, 저 애 좀 봐. 쟤도 장난 아니야. 쟤는 국물도 같이 먹어."

"그러게. 속도도 멸치보다 좀 더 빠른 것 같기도 한데."

사람들이 멸치랑 나를 비교했다. 멸치가 흠흠 헛기침하는 소리가 들렸다. 곁눈질로 슬쩍 보니 멸치도 나를 흘끔 보고 있었다. 하지만 어느 순간, 이제 나는 멸치가 어떻게 먹든 더 이상 신경 쓰이지 않았다. 점보 라면이 너무 맛있었기 때문이다. 점보 라면은 양뿐만 아니라 맛도 최고였다.

그런데 갑자기 사람들이 술렁거리는 소리가 들렸다. 돌아보니 멸치가 그릇을 통째로 들고 있었다.

"멸치 좀 봐. 한꺼번에 다 마셔 버리려나 봐."

"우아, 역시 멸치다. 수준이 달라."

저렇게 먹기엔 아직 뜨거운데. 역시 1위 먹방러라 다른
가. 그런데 잠시 뒤였다.

"켁. 푸악!"

멸치가 국물을 사방으로 뿜었다. 멸치 콧구멍에서 면발
하나가 지렁이처럼 쑤욱 고개를 내밀었다. 사람들이 인상
을 찌푸리며 멸치에게서 두세 걸음 떨어졌다.

"으아아악! 더러워……."

카메라 감독이 소리쳤다.

"컷! 입에서 뿜는 건 자르고 다시."

그럼 그렇지. 아직 들고 마시기엔 뜨거울 것 같더라니.
멸치가 휴지로 입이며 얼굴을 닦는 사이 사람들은 하나둘
씩 내 쪽으로 돌아섰다.

"우아, 쟤 좀 봐. 진짜 다 먹겠는데?"

# 먹방? 유튜버?

이제 내 그릇엔 겨우 열 가닥 남짓한 면발과 국물 조금이 남았다. 그릇을 들고 마실 때는 바로 지금이었다. 나는 커다란 그릇을 소중한 보물처럼 두 손으로 들었다. 국물을 한 번에 들이키며 빨려 들어온 면발을 씹었다.

한 모금.

두 모금.

세 모금.

나는 그릇을 탁 하고 내려놓았다. 내 기록을 재고 있던 주방장이 외쳤다.

"9분 32초. 성공입니다!"

사람들이 환호성을 터뜨렸다.

"말도 안 돼. 국물 한 방울 안 남겼어."

"저렇게 어린애가 점보 라면을 다 먹다니."

그때 멸치 쪽 카메라 감독님도 외쳤다.

"멸치도 성공! 9분 44초!"

하지만 사람들은 여전히 나만 보며 박수를 쳤다. 딸랑딸랑. 라면 가게 문에 달린 종이 요란하게 울렸다. 멸치가 문을 벌컥 열고 나가는 게 보였다. 신경질적으로 문을 밀치는 게 뭔가에 단단히 화가 난 것 같았다. 한 그릇 잘 먹고 왜 저러는 거지? 혹시 라면에 머리카락이라도 들어 있었나? 고개를 갸우뚱거리는데, 주방장 아저씨가 배 터져 라면 쿠폰 뭉치를 들고 와 나에게 주었다. 앗싸, 쿠폰 100개라니!

"축하드립니다. 저희 가게 첫 번째 성공자가 되셨습니다. 근데, 진짜 초등학생인 거니?"

사장님이 내 실내화 가방을 보며 믿을 수 없다는 듯 물었다. 실내화 가방엔 삐뚤빼뚤한 글씨로 '한솔 초등학교 6학년 7반'이라고 적혀 있었다. 나는 쿠폰이 정말 100개가 맞는지 세어 보며 고개를 끄덕였다. 사장님이 정말 대단하다며 소감 한 마디를 부탁했다. 글쎄, 소감이라. 난 그냥 맛있어서 다 먹은 것뿐인데. 그런데 그때, 불현듯 멸치가 앉았던 자리가 눈에 띄었다.

"저기, 그럼 혹시……."

사람들이 집중하며 조용해졌다.

"그러니까…… 아까 저 형이 안 받아 간 쿠폰도 제가 받아 가면 안 될까요?"

여기저기서 푹 하고 웃음이 터졌다.

"이야, 저렇게 먹고도 또 라면 생각이 나나 봐."

"저런 게 진짜 타고난 먹방러지."

또 한 번 박수가 쏟아졌다.

사람들이 하나둘씩 나가고 어느새 내 옆에는 신지호만 남았다. 신지호는 아까부터 턱에 난 여드름을 손으로 문지르며 나를 보고 있었다. 나는 쿠폰 개수를 세며 말했다.

"왜? 할 말 있으면 얼른 말해. 계속 기분 나쁘게 쳐다보지만 말고."

신지호는 턱을 문지르며 '흐음.' 하는 소리를 다섯 번이나 냈다. 신지호 저 자식 도대체 무슨 말을 하고 싶어서 저러는 거지? 신지호가 크게 숨을 한 번 내쉬더니 내 앞에 앉았다.

"그래, 결심했어. 이영찬, 나랑 먹방 한번 찍어 보자. 실은 이 형님 꿈이 먹방 유튜브 감독이라고."

뭐라고? 먹방? 나도 모르게 푹 하고 웃음이 터졌다. 나는 유튜브 같은 덴 전혀 관심이 없다. 게다가 먹는 건 그냥 먹는 거지 그걸 낯간지럽게 촬영해서 남한테 보여 주고 싶지도 않다. 그런데 이 자식은 같이 찍자고 부탁하는 주제에 또 자기더러 형님이라니. 도저히 못 들어 주겠다. 이번엔 진짜 제대로 한 방 날려 줘야지. 나는 세던 쿠폰을 내려놓고 신지호를 보았다.

"너는 먹방보다 다른 데 더 관심 있던 거 아니야?"

신지호가 그게 무슨 말이냐는 듯 나를 보았다. 이 자식, 모르는 척 시치미 떼기는. 신지호 뒷자리에 앉은 나는 다 알고 있다. 신지호는 요즘 먹방보다 다른 걸 더 많이 본다.

"너 뷰티 유튜브를 더 좋아하는 거 아니었어? 이세진 나오는 거."

내 말에 신지호 얼굴이 빨개졌다. 역시, 통할 줄 알았다. 신지호는 먹방도 많이 보지만 요즘 들어 뷰티 유튜브를 더

자주 본다. 그것도 옆 반 이세진이 나오는 영상으로만. 아
마도 얼굴에 난 여드름 때문에 보는 거겠지? 어쨌거나 신
지호가 이세진 영상을 틀 때는 평소보다 몇 배 더 주위를
살핀다. 선생님보단 애들 쪽을 더 살피는 것 같았다.

"아니거든! 누가 그래?"

신지호가 주먹으로 식탁을 쾅 쳤다. 자식, 그게 뭐가 창
피하다고 저렇게 숨기고 그래? 남자가 그런 거 본다고 놀
릴까 봐 그러나? 그런 생각은 너무 구식인데⋯⋯. 난 그냥
신지호가 숨기는 것 같길래 그냥 한번 떠본 것뿐이었다. 그

래도 얼굴이 빨개진 신지호를 보니 기분이 좋아 더 골려 주고 싶었다.

"내가 뒤에서 다 봤거든? 근데 왜 이렇게 발끈해? 너 혹시 이세진 좋아하냐?"

신지호 얼굴이 더 빨개졌다. 이마 여드름이 금방이라도 터질 것 같았다.

"뭐라고? 내가 걜 얼마나 싫어하는데! 난 그냥 걔가 하도 유명하다길래 공부 삼아 잠깐 본 거야. 미래의 유튜브 감독으로서!"

이것도 그냥 해 본 말인데 너무 발끈하니까 수상했다. 설마 신지호가 진짜로 이세진을 좋아하나? 뭐 어쨌든 이 정도로 약 올렸으면 충분히 통쾌하다. 사실 난 신지호가 이세진을 좋아하든 말든 별 관심이 없다. 먹방에도 관심 없다. 나는 쿠폰을 챙겨 자리에서 일어섰다. 신지호도 씩씩대며 일어났다. 그런데 그때 사장님이 의자를 정리하며 나에게 말했다.

"학생도 먹방 한번 찍어 보지 그래. 요즘엔 개나 소나 다 유튜브 찍는다고 난리더구만. 먹기만 하는데 돈도 벌고.

얼마나 좋아. 내가 보기엔 먹는 거 하난 타고났던데."

사장님 말에 멈칫한 건 내가 아닌 신지호였다. 신지호는 깨끗하게 비워진 라면 그릇과 내 얼굴을 몇 번이고 번갈아 보더니 갑자기 두 손으로 자기 머리카락을 움켜쥐었다. 그러다 신지호가 무슨 생각인지 갑자기 벌떡 일어나 소리쳤다.

"야, 이영찬! 먹방 찍으면서 먹는 음식값은 내가 낸다. 이래도 진짜 안 찍을 거야?"

신지호 말이 내 뒤통수를 때렸다. 이번엔 내가 멈칫하고 말았다.

# 엄마 손 찐빵

6교시 수업이 드디어 끝났다. 원래도 수업이 끝나면 늘 배가 고픈데 오늘은 정말 쓰러질 것 같았다. 6교시 체육 시간에 줄넘기를 했기 때문이다. 수업 중엔 너무 힘들어서 배가 고픈 줄도 몰랐는데 끝나고 나니 배에서 꼬르륵 소리가 폭발음처럼 들렸다. 도저히 집까지 갈 기운이 없었다.

하지만 더 힘 빠지는 사실은 없는 힘을 짜내 집에 간대도 여전히 배가 고플 거란 거다. 어제 엄마가 우리 집 팬트리에 자물쇠를 달았기 때문이다. 뭘 사다 놓을 때마다 내가 맨날 무식하게 다 먹어 치운다며 말이다. 그리곤 오늘 아침, 식탁 위에는 딱 하루치 간식만이 놓여 있었다.

"뱃구레는 늘릴수록 더 느는 법이야. 그렇게 먹다간 몸까지 상해. 이번 기회에 먹는 양 좀 조절해 봐."

칫, 그럴 필요 없는데. 안 그래도 진즉에 엄마는 나를 병원에도 데려갔었다. 아무래도 검사를 좀 해 봐야겠다는 거였다. 엄마가 하도 그러니까 나도 나한테 혹시 무슨 문제라도 있나 걱정도 했었다. 하지만 검사 결과는 놀랍게도 완벽한 정상이었다. 그냥 남들보다 기초 대사량이 높고, 소화 작용도 무척이나 활발할 뿐이라고 했다.

그런데도 식탁 위엔 우유 하나에 빵 두 개가 전부였다. 엄마는 다른 병원에 또 가 봐야 하는 거 아니냐며 아직 날 걱정하지만 그래도 이건 정말 너무했다. 엄마가 준 간식은 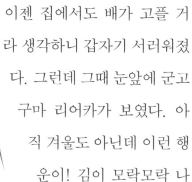고작 세 입 거리밖에 안 되는 말도 안 되는 양이었다.

이젠 집에서도 배가 고플 거라 생각하니 갑자기 서러워졌다. 그런데 그때 눈앞에 군고구마 리어카가 보였다. 아직 겨울도 아닌데 이런 행운이! 김이 모락모락 나

는 군고구마를 보니 입안에 벌써 침이 돌았다. 마침 지갑엔 어제 받은 용돈이 두둑했다. 그래, 오늘도 그냥 내가 알아서 더 먹고 들어가야겠다. 나는 곧장 군고구마 아저씨한테 뛰어가 소리쳤다.

"아저씨, 군고구마 열 개, 아니 열다섯 개요!"

꺼어억 끄으으윽. 군고구마 열다섯 개를 다 먹고 나서 시원하게 용트림을 했다. 이제야 배가 조금 든든해졌다. 군고구마 아저씨는 나를 보며 헛웃음을 쳤다. 처음엔 걱정스럽게 쳐다보다 나중엔 신기해하더니 이제는 기가 막힌 모양이었다. 지잉 휴대폰이 울렸다. 신지호 문자였다.

왜 이렇게 안 와? 나 지금 학교 앞 엄마 손 찐빵.

아, 맞다. 오늘은 신지호랑 첫 먹방을 찍어 보기로 한 날이었다. 지난번 배 터져 라면 가게에서 나는 신지호한테 먹방을 승낙했다. 공짜로 먹을 걸 사 준다는 엄청나게 매력적인 제안을 절대 거절할 수 없었다. 그런데 어쩌지? 이미 나는 대충 배가 불렀다. 하지만 공짜로 주는 음식을 거절한다는 건 나 이영찬에게 절대 있을 수 없는 일이었다. 뽀얀 찐빵을 떠올리자 배가 부른데도 입맛이 당겼다. 그래, 그럼 후식으로 조금만 더 먹자. 나는 군고구마 봉지를 쓰레기통에 구겨 넣고 엄마 손 찐빵으로 향했다.

하교 시간이 한참 지난 뒤라 찐방 가게엔 아무도 없었다. 신지호는 가게 안쪽 가장 구석 테이블에 있었다. 테이블 위에는 찐빵 탑이 꽤 높이 쌓여 있었다. 눈으로 대충 보아선 몇 개인지 감이 안 왔다.

"헉! 신지호, 대체 이게 다 몇 개야?"

"서른 개. 내가 몇 년 동안 모은 세뱃돈 너한테 투자하는 거야. 그러니까 너 진짜 맛있게 먹어야 된다. "

찐빵을 자그마치 서른 개나? 내가 아무리 잘 먹는다지만 이건 좀 많은 양 같았다. 게다가 빈속도 아니고 이미 군고구마를 스무 개나 먹은 뒤였다. 열 개면 딱 적당할 것 같은데. 나는 쭈뼛거리며 신지호한테 물었다.

"혹시 이거 다 먹어야 해? 하나도 안 남기고?"

"당연한 걸 뭘 물어? 너 평소에 이 정도는 먹잖아. 그리고 공짜로 먹는 거니까 먹으면서 감독 지시도 잘 따라야 된다."

신지호는 '감독'이란 말에 특히 더 힘을 주어 말했다. 여기서 '감독'이란 당연히 신지호다. 흠, 어쩌지? 배 속은 이미 군고구마로 가득 찬 느낌이었다. 하지만 못 먹겠다고 말하기엔 괜히 자존심이 상했다. 다른 건 몰라도 먹는 것 만큼은 내가 유일하게 잘하는 거였다. 그래, 한번 먹어 보자. 그래 봤자 찐빵인데 뭐. 나는 찐빵 앞에 의자를 당겨 앉았다. 눈앞에 찐빵 탑이 우뚝 섰다. 근데 이게 다 얼마 치야? 막상 얻어먹으려고 하니 갑자기 부담이 됐다. 걱정되는 마음에 신지호한테 물었다.

"신지호, 근데 진짜 난 먹기만 하면 되는 거야? 그냥 우리 둘이서 이렇게 찍기만 하면 유튜브가 돼?"

그러자 신지호가 어깨를 으쓱하며 말했다.

"원래 유튜브는 대부분 1인 방송 시스템이야. 엄청 유명한 유튜버들 중에도 혼자 먹고, 혼자 촬영하는 사람들이 많아."

처음 알게 된 사실이다. 갑자기 신지호가 조금 다르게 보였다. 유튜브에 대해선 꽤나 전문가 같았다.

"너 유튜브 좀 찍어 봤나 보다."

“아니, 이번이 처음인데. 그래도 뭐 어려울 게 있냐? 그냥 찍어서 올리기만 하면 되는 거지.”

그럼 그렇지. 신지호는 맨날 뭐든 저렇게 대충대충이다. 학교에서도 신지호는 수학 시간에 선생님 설명도 안 듣고 문제를 엉터리로 풀어 버리고, 그림도 드문드문 색을 칠하다가 만다. 그래서 수학 점수는 늘 바닥이고, 그림도 제대로 완성된 적이 없다. 설마 신지호 이번엔 휴대폰 카메라 작동법도 모르고 저러는 건 아니겠지? 나는 신지호를 못 미덥게 쳐다보았다. 하지만 신지호는 마냥 신이 난 표정으로 휴대폰 카메라를 들고 외쳤다.

“자, 그럼 찍는다. 레디, 액션!”

그래도 신지호, 어디서 본 건 있어 가지고 꽤나 비슷하게 감독 흉내를 냈다. 나는 신지호의 신호에 맞춰 카메라를 보며 찐빵을 먹기 시작했다. 끄윽. 겨우 세 개 먹었는데 작게 트림이 나왔다. 이거 진짜 서른 개 맞아? 혹시 마흔 개 아니야? 나는 눈으로 몰래 찐빵 개수를 세기 시작했다. 먹는 속도가 줄어들자 신지호가 카메라 밖에서 빨리 먹으라는 듯 손짓을 했다. 먹을 걸 앞에 두고 이렇게 머뭇거린 건 처음이었다. 지금껏 그만 먹으란 사람은 많았어도 더 먹으란 사람은 없었기 때문이다. 내가 계속 천천히 먹자 신지호가 인상을 팍 쓰며 더 크게 손짓을 했다. 알았어, 알았다고! 나는 얼른 눈앞에 찐빵을 하나 더 들었다.

어느새 찐빵 탑이 꽤 많이 줄어들었다. 하지만 이상하게도 느낌으론 찐빵 탑이 아까보다 오히려 더 높아진 것 같았다. 밀가루로 만든 찐빵은 시간이 지날수록 배 속에서 더 불어났다. 배는 점점 더 빵빵해졌다. 하아, 어쩌지. 나 이 영찬 사전에 음식을 남기는 건 있을 수 없는 일인데. 그런데 그때, 문득 머릿속을 스쳐 가는 생각이 있었다. 그래, 배가 더 불러오기 전에 그냥 빨리 삼켜 버리자.

나는 크게 숨을 한 번 내쉬었다. 그리고 양손에 두 개씩 찐빵을 들었다. 내가 갑자기 찐빵을 마구 들어 올리자 신지호 얼굴은 눈에 띄게 밝아졌다. 기다려라 찐빵, 내가 다 먹어 줄 테니! 나는 양손에 있는 찐빵을 번갈아 크게 한입씩 우겨 넣었다. 우걱 우걱 우거걱. 그리고 입안에 들어온 찐빵은 더 이상 씹지 않고 그대로 삼켜 버렸다. 그렇게 나는 쉬지 않고 찐빵을 다 먹었다.

"오케이, 커트! 이영찬 정말 대단해!"

띵. 휴대폰 카메라 종료 버튼 소리가 들렸다. 찐빵이 배 속에서부터 머리끝까지 꽉 찬 것 같았다. 급하게 먹을 땐 몰랐는데 막상 다 먹고 나니 배가 부르다 못해 쿡쿡 쑤시고 가슴까지 답답했다. 시원하게 트림이라도 하고 싶은데, 트림조차 나오지 않았다. 도대체 이건 무슨 느낌이지.

신지호는 이런 내 상태는 아는지 모르는지 방금 찍은 영상만 뚫어져라 돌려보며 말했다.

"흠…… 이영찬, 근데 뭔가 좀 부족한 것 같지 않냐?"

나는 의자에 눕다시피 기대어 신지호 휴대폰을 곁눈질로 보았다. 신지호 말이 맞다. 영상이 어째 평소에 보던 유튜브랑은 다르게 밋밋하고 어수선했다. 하지만 나도 딱히 더 어떻게 해야 하는지는 몰랐다. 원래 먹방엔 관심도 없던데다 직접 찍어 본 것도 처음이었기 때문이다. 게다가 지금은 배가 너무 불러 한 마디 대꾸도 하기 어려웠다. 신지호가 검지로 이마 여드름을 만지작거리며 말했다.

"그래도 그냥 일단 올려 볼까? 그래, 막상 올리면 괜찮을 지도 몰라."

버튼 하나로 동영상이 유튜브에 업로드되었다. 먹을 땐 별생각 없었는데 유튜브에 내 얼굴이 올라가니 왠지 연예인이 된 것 같은 기분이 들었다. 엄청 대단한 사람들만 유튜브를 하는 줄 알았는데 이렇게 간단한 거였다니!

"이영찬, 혹시 우리 대박 나면 어떡하냐? 너 이러다 유튜브 스타 되는 거 아니야?"

뭐? 내가 스타가 된다고? 말도 안 되는 소리라고 생각했지만, 신지호랑 눈이 마주치자 나도 모르게 웃음이 나왔다. 신지호도 키득거렸다. 신지호랑 마주 보고 웃는 건 처음이었다.

신지호랑 인사를 하고 각자 헤어져 집으로 걸었다. 조금 걸으면 소화가 될 줄 알았는데 이상하게 가슴은 더 답답하고 배는 더 더부룩해졌다. 그러다 갑자기 어질어질하더니 하늘이 한 바퀴 핑 돌았다. 나는 잠시 가로수를 짚으며 멈춰 섰다. 배를 탄 것처럼 속이 울렁거렸다. 지나가던 아줌마가 나를 보고 물었다.

"학생, 괜찮아?"

몸이 점점 으슬으슬하고, 식은땀이 났다. 눈앞에 아줌마

의 모습이 점점 흐릿해졌다.

"학생, 정신 좀 차려 봐. 학생, 학생!"

그리고 까무룩 아줌마가 눈앞에서 사라졌다. 아줌마가
놀라는 소리, 누군가가 119를 부르는 소리가 들렸다. 꿈인
지 진짜인지 모르게 귓가에서 흐릿하게 울렸다.

# 뷰티 유튜버 이세진

그날 저녁, 나는 한 시간 동안 링거를 맞고 바로 퇴원을 했다. 의사 선생님 말론 내가 급체를 했다고 했다. 나는 의사 선생님 말을 믿을 수 없어 한 번 더 물었다.

"급체면 급하게 체했단 뜻인가요? 제가 음식을 먹고 체했다고요?"

의사 선생님이 고개를 끄덕였다. 세상에, 나도 체할 수 있는 사람이었다니?

"사람이라면 당연히 누구나 체할 수 있죠. 다만 체질적으로 소화 능력의 차이가 있을 뿐입니다. 그러니까 아무리 잘 먹는 사람이라도 본인의 한계를 알고 정도껏 먹어야 합니다. 알겠죠?"

나는 의사 선생님한테 고개를 끄덕였다. 아, 나도 정도껏 먹어야 하는구나. 물론 다른 사람들의 '정도껏'과 조금 차이가 있긴 하겠지만……. 어디선가 따가운 시선이 느껴졌다. 엄마였다. 의사 선생님만 없었다면 엄마의 등짝 스매싱이 따라왔을지도 모른다. 이젠 먹다 먹다 병원에 올 정도까지 먹었으니 엄마가 열받을 만도 했다. 의사 선생님은 엄마랑 내 눈치를 살피더니 살벌해진 분위기를 풀려 했는지 나가면서 한 마디를 보탰다.

"그래도 꽤 심하게 체했는데 이렇게 금방 회복한 경우는 드문 케이스예요. 환자 분 소화력이 남다르긴 한가 봅니다."

다음 날, 나는 점심시간에 맞춰 학교에 나갔다. 엄마는 나더러 한 끼만 더 죽을 먹고 쉬라고 했지만, 나는 학생이 절대 학교를 빠져서는 안 된다며 얼른 집에서 나왔다. 오늘 급식은 내가 정말 좋아하는 카레라이스였기 때문이다.

급식실에 들어서니 다시 고향에 온 듯 마음이 푸근해졌다. 어제부터 멀건 죽만 겨우 한 그릇씩 먹느라 너무 괴로웠던 차였다. 마음 같아선 혼자 카레 한 통을 다 먹고 싶었지만, 나는 의사 선생님의 조언을 기억하며 정도껏 배부르게 딱 네 그릇만 먹었다.

급식을 평소보다 조금 먹어서인지 점심시간이 아직 널널하게 남았다. 급식실에서 나가는데 마침 운동장에 신지호가 보였다. 신지호는 미끄럼틀 아래에서 쪼그리고 앉아 있었다. 신지호 저 자식, 내가 어제 찐빵 먹고 쓰러진 걸 알면 엄청 미안해하겠지? 그럼 나중에 아이스크림이나 하나 사 달라고 해야지. 나는 슬며시 신지호한테 다가갔다. 그리고 신지호 어깨를 잡으며 "우악!" 하고 소리쳤다. 신지호가 소스라치게 놀라며 미끄럼틀에 머리를 쿵 박았다.

"뭐야, 이영찬. 깜짝 놀랐잖아. 오전엔 뭘 하다 갑자기 나타나서 이렇게 사람을 놀래키냐?"

"너 내가 왜 오전에 못 나왔는지 알면 깜짝 놀랄걸? 내가 왜 이제 왔냐 하면⋯⋯."

나는 어제 일을 신나게 풀어내려다 문득 신지호 얼굴을 보고 멈칫했다. 어쩐지 신지호 표정이 심상치가 않았다. 무슨 일이 있었는지 혼자 세상 모든 근심을 다 끌어안은 듯 얼굴이 어두웠다.

"근데 신지호, 너 무슨 일 있냐? 인상 좀 펴."

그러자 신지호가 자기 휴대폰을 내밀며 말했다.

"내가 지금 인상 펴게 생겼냐? 너도 이것 좀 봐. 여기 조회 수 좀 보라고."

신지호 휴대폰엔 어제 우리가 올린 동영상이 있었다.

"조회 수가 22네?"

"그냥 22가 아니라 겨우 22지. 그것도 스무 번은 내가 다 올린 거라고."

이제야 신지호가 시무룩한 이유를 알았다. 나도 갑자기 기분이 좀 가라앉았다. 그럼 밤새 우리 유튜브를 본 사람이

겨우 2명이란 말이야? 신지호 말론 어떤 동영상은 하루만에 몇 천씩은 올라간다고 했다. 매일같이 수많은 사람이 들어가는 유튜브인데 이렇게까지 조회 수가 안 올라가다니 희한한 일이었다. 댓글 창도 깨끗했다. 내가 병원에까지 실려 가며 먹어 댔는데 이럴 수는 없었다. 그냥 찍어서 올리기만 하면 다 될 줄 알았는데. 그게 아닌가.

신지호가 나한테 하는 말인 듯, 혼잣말인 듯 헷갈리게 중얼거렸다.

"그냥 아까운 세뱃돈만 날려 버린 건가."

세뱃돈이란 말에 괜히 마음이 찔렸다. 찐빵값이 꽤 나왔을 텐데. 신지호는 스트레스 때문에 밤새 이마에 여드름이 세 개는 더 났다고 했다. 나는 곁눈질로 슬쩍 신지호 눈치를 보았다. 그런데 신지호가 이마 여드름을 문지르며 갑자기 이렇게 말하는 게 아닌가?

"일주일 지나서도 조회 수가 쭉 바닥이면 이영찬 너는 찐빵 값 만 원만 내."

뭐라고? 갑자기 웬 핫도그에 된장 찍어 먹는 소리람? 나는 발끈하며 소리쳤다.

"뭐야, 신지호. 촬영에서 먹는 음식은 네가 산다며?"

"내가 산다고 그랬지, 내가 언제 다 산다고 그랬냐? 그러게 네가 맛있게 잘 먹었음 조회 수도 잘 나왔을 거 아냐. 나도 내가 한 말도 있으니까 반만 내란 거야. 따지고 보면 다 네가 먹은 거잖아. 쫄딱 망했으면 너도 같이 책임져야지. 넌 양심도 없냐?"

정말 말도 안 된다. 처음부터 신지호 저 자식 말을 믿는 게 아니었다. 이렇게 당할 수는 없다.

"야, 신지호! 너 내가 어제 얼마나 고생을 했는지 알아? 내가 너 유튜브 찍다가 태어나서 처음으로 급체를 했단……."

그런데 그때였다. 뒤에서 누군가 열을 내며 통화하는 소리가 들렸다. 목소리가 얼마나 큰지 꼭 누가 바로 옆에서 말하는 것 같았다. 그 바람에 나도 신지호도 대화를 멈추고 반사적으로 돌아보았다.

"엄마, 내가 그 선크림은 방송 안 한다고 했잖아. 전에 발라 보니까 번들번들하고, 뾰루지까지 났단 말야. 그런 걸 어떻게 웃으면서 좋다고 말해? 그러니까 자꾸만 악플이 달리지!"

옆 반 뷰티 유튜버 이세진이었다. 오늘도 유튜브를 찍느라 조퇴를 한 모양이었다. 문득 머릿속이 번쩍했다. 신지호를 한 방에 눌러 줄 좋은 생각이 난 거다. 나는 신지호한테서 휴대폰을 잽싸게 빼앗으며 말했다.

"아, 그래! 신지호, 우리 이세진한테 물어보자. 쟤 유튜브에서 꽤 유명하다며? 그러니까 우리 먹방 조회 수가 왜 이모양인지도 알 거 아냐. 이게 다 내 책임인지, 아니면 신지호 네 책임인지 어디 한번 가려 보자고."

나는 잽싸게 이세진을 불렀다.

"이세진!"

이세진이 전화를 끊으며 우리를 돌아봤다. 긴 생머리가 바람에 날렸다. 까만 머리칼 덕에 흰 피부가 더욱 돋보였다. 촬영 때문에 입은 것 같은 노란 원피스도 하늘거렸다. 이렇게 보니 이세진은 애들 말처럼 완전 화면발은 아닌 것 같다. 이세진이 우릴 보며 미간을 살짝 찌푸렸다.

"왜? 뭔데?"

그러자 신지호가 나를 콱 쏘아보았다.

"이영찬 너 죽을래? 내가 쟤 싫어한다고 분명히 말했지?"

당황스러웠다. 신지호가 이세진을 좋아하는 줄 알았는데. 그나저나 신지호 말에 이번엔 이세진도 나를 쏘아보았다.

"뭐야 너네? 안 그래도 악플 땜에 골치 아파 죽겠는데, 이젠 악플도 아니고 대놓고 욕하려고 부른 거야?"

이런. 신지호랑 이세진이 날 가운데 두고 째려보고 있었다. 이렇게 될 줄은 몰랐는데. 나는 먼저 이세진을 달래며 말했다.

"아니, 그게 아니고. 실은 우리가 얼마 전에 유튜브를 찍었는데 하도 조회 수가 안 나와서 말이야. 네가 그쪽으론 꽤 유명하다며? 그래서 전문가 조언 좀 들어 보려고."

그러자 신지호가 눈치 없이 발끈했다.

"야, 쟤가 무슨 전문가야. 쟤 같은 사기꾼도 찍는 유튜브, 나 혼자서도 할 수 있어."

사람 눈에서도 불이 나올 수 있을까? 절대 그럴 수 없을 텐데. 그런데 난 방금 이세진 눈에서 불똥이 튄 걸 본 것 같다. 이세진이 천천히 우리 쪽으로 다가왔다. 불안했다. 설마 한 대 치려는 건 아니겠지? 그런데 이세진이 예상 밖의 말을 했다.

"어디 줘 봐. 너희가 찍었다는 동영상."

어쩌지? 나는 신지호 눈치를 보다 잽싸게 이세진한테 신지호 휴대폰을 뺏어서 건네줬다. 이세진이 우리 영상의 플레이 버튼을 눌렀다. 나는 곁눈질로 신지호 눈치를 보았다. 당장에 다시 휴대폰을 뺏을까 봐 조마조마했는데 신지호는 어쩐 일인지 맨땅만 가만히 째려보고 있었다. 하긴, 아마 신지호도 이세진이 뭐라고 말해 줄지 궁금하긴 했을 거다. 이래 봬도 이세진이 초등 유튜버 치고 조회 수도 높고 구독자도 꽤 많다고 들었다.

동영상을 보던 이세진 표정에 슬며시 미소가 번졌다. 왜지? 뭔가 기분 나쁜 웃음인데? 이세진이 말했다.

"이럴 줄 알았어. 너흰 유튜브가 그냥 장난 같지? 하긴, 너희들 영상 수준 보니 딱 장난이네."

뭐라고? 나도 나름 병원에 실려 갈 정도로 열심히 먹었는데 장난이라고까지 말하는 건 너무한 거 아닌가. 아니나 다를까 신지호도 이세진한테 버럭 소리쳤다.

"야, 이세진. 말이 너무 심한 거 아니야? 도대체 어디가 그렇게 엉망인데? 그럼 비웃지만 말고 말을 해 보시든가."

잔뜩 열받은 신지호에 비해 이세진은 여유로웠다.

"궁금해? 말해 줘도 어차피 못 알아들을 것 같은데."

"뭐라고!"

신지호가 주먹을 불끈 쥐었다. 신지호 얼굴은 점점 더 벌게지는데 이세진은 그저 피식 웃으며 말했다.

"채널 명도 없어, 섬네일도 없어, 콘텐츠도 밋밋하고, 워터 마크랑 해시 태그도 안 걸었어. 너희들 영상 찍기 전에 유튜브에 대해 공부나 해 봤니? 카페 같은 데 가입해서 훑어보기라도 했냐고? 나한테 부탁하러 오면서 내 뷰티 영상도 제대로 본 적 없지? 하긴, 네 얼굴에 덕지덕지한 여드름만 봐도 딱 알겠다."

도대체 방금 이세진이 뭐라고 한 거야? 한국말은 맞는 거야? 그나저나 이세진이 신지호 여드름까지 건드리다니. 신지호 이번엔 진짜로 열받겠는데? 신지호를 슬쩍 보니 신지호는 이제 눈알까지 벌게져 있었다. 신지호가 주먹을 부들부들 떨며 말했다.

"이세진, 내가 진짜 이 말까진 안 하려고 했는데."

　신지호가 입술을 앙 깨물었다. 도대체 무슨 말을 하려고 저러지? 나도 궁금해졌다. 신지호가 크게 한 번 숨을 들이마시더니 말했다.

　"너 내 얼굴이 왜 이렇게 된 줄 알아? 네 유튜브에 나온 화장품 따라 샀다가 이렇게 된 거라고. 그전까진 내 얼굴도 아기 피부였어!"

뭐라고? 신지호가 이세진 유튜브를 보고 화장품까지 사 봤다고? 그렇게나 이세진 유튜브에 진심이었단 말이야? 그나저나 그것보다 원래는 아기 피부였다니. 이거 진짜 믿어도 돼? 그런데 갑자기 이세진 표정이 눈에 띄게 심각해졌다. 그러더니 신지호한테 이것저것 묻기 시작했다.

"정말이야? 무슨 화장품 썼는데? 브랜드는? 로션이나 스킨 쪽? 아님, 비비 크림이나 컨실러?"

순식간에 이세진 태도가 180도 바뀌었다. 신지호 얼굴을 꽤나 걱정스러운 표정으로 보고 있었다. 신지호는 당황했는지 아무 대답도 못 했다. 아니, 이세진이 한꺼번에 물어보는 통에 대답할 틈도 없었을 거다. 그런데 갑자기 이건 또 뭐 하는 짓이람? 이세진이 성큼성큼 신지호한테 가까이 다가가는 것이 아닌가? 가늘게 째졌던 신지호 눈이 점점 똥그래졌다. 이세진은 신지호 코앞까지 걸어갔다. 그러더니 갑자기 자기 얼굴을 신지호 얼굴 가까이 쭈욱 들이밀었다. 조금만 더 가까이 다가갔다간 서로 코가 닿을 것처럼 말이다. 신지호가 움찔하며 한 걸음 뒤로 물러섰다.

"이세진, 너 뭐야? 저리 안 가?"

"가만 좀 있어 봐. 피부 상태 좀 보려고 그래."

이세진은 아예 양손으로 신지호 뺨을 잡았다. 신지호는 얼굴이 눌려 입이 붕어 입술처럼 삐죽 나왔다. 이세진이 말했다.

"겉 피부는 유분이 많지만 속은 건조한 타입이야. 이런 피부는 화장품을 특히 더 골라 써야 해. 대체 뭘 썼는데 그래? 그 화장품 쓰기 전엔 정말 괜찮았어?"

신지호는 당황하다 못해 반쯤 넋이 나간 표정이었다.

"아, 아니. 실은 아주 좋았던 건 아니고. 작년부터 여드름이 하나둘씩 나기 시작했는데, 그러다 얼마 전부터 네 영상 보고 여드름 화장품을 써 봤더니……."

신지호가 우물쭈물 말을 이었다. 그럼 그렇지. 아기 피부였단 말은 역시 거짓이었다. 그제야 이세진은 신지호 얼굴을 놔주며 말했다.

"너 몇 달 전에 내가 찍은 '사춘기 여드름 편' 본 거 맞지?"

신지호는 얼굴이 풀려났는데도 아직 붕어 입을 한 채 고개를 끄덕였다. 이세진이 팔짱을 끼며 중얼거렸다.

"내가 그렇게 그 제품은 안 된다고 했는데 이럴 줄 알았어."

띠리리링. 이세진 휴대폰이 울렸다. 이세진은 전화 받을 생각도 없는지 우리를 보며 말했다.

"너네 몇 반이야? 아까 들으니까 이름이…… 신지호? 이영찬?"

이세진 휴대폰이 조용해졌다가 또다시 울렸다. 이세진이 짜증 난 표정으로 휴대폰을 보며 말했다.

"내가 지금 바빠서 먼저 가는데, 너네는 암튼 나중에 다시 봐."

나중에 다시 보자고? 우리가 왜? 이세진은 그렇게 알 수 없는 말을 남기고 교문 쪽으로 뛰어갔다. 신지호는 멀어져 가는 이세진을 멍하니 쳐다볼 뿐이었다.

# 미스터리 상자

　다음 날, 신지호는 무슨 일인지 아침부터 멍했다. 웬일로 휴대폰이 아니라 자꾸만 창밖 어딘가를 쳐다보고만 있었다. 점심시간이 되었다. 급식을 먹고 교실에 왔는데도 신지호는 여전히 창밖을 보며 멍 때리고 있었다. 동상처럼 다리를 꼬고 턱까지 괴고서 말이다. 대체 온종일 무슨 생각을 하는 거야? 어제 조회 수 생각할 때랑은 분명히 뭔가 다른데. 나는 자리에 앉으며 신지호 어깨를 툭 쳤다.

　"신지호, 뭔 생각을 그렇게 해?"

　그러자 신지호가 어깨를 움찔하며 화들짝 놀랐다.

　"야! 넌 왜 또 뒤에서 나타나서 사람을 놀래키냐?"

　황당했다. 또 뒤에서 나타나다니? 지난번엔 그렇다 쳐도 지금 여긴 원래 내 자리거든? 한 달 동안 이렇게 앉고도 까먹었냐? 그런데 가만 보니 신지호 얼굴이 발갰다. 나는 신지호가 온종일 쳐다봤던 창밖을 봤다. 여기서 내다보니 딱 운동장 미끄럼틀이 보였다. 그러자 문득 어제 미끄럼틀 앞에 서 있던 신지호 얼굴이 떠올랐다. 어제도 신지호는 딱 저런 얼굴이었다. 이세진 앞에서 화난 것도 아닌데 얼굴만 벌게진. 신지호 설마? 나는 눈을 가늘게 뜨고 신지호를 쳐다봤다.

"신지호, 너. 혹시 이세진 생각하냐?"

그러자 신지호가 자리에서 벌떡 일어났다.

"아니거든! 내가 왜 걔 생각을 하냐? 진짜로 아니거든!"

신지호는 씩씩거리며 복도로 나갔다. 아니면 그냥 아니라고 하면 될 걸 왜 저렇게 화를 낸담? 어제 보니 신지호는 진짜로 이세진을 싫어하는 것 같은데, 근데 왜 자꾸만 뭔가 수상한 냄새가 나지?

그때, 반장 이윤석이 호들갑을 떨며 나에게 달려왔다.

"이영찬, 이영찬! 너 이세진 알아?"

나는 책상 서랍에서 만화책을 꺼내며 시큰둥하게 대답했다.

"우리 학교에 이세진 모르는 애도 있냐?"

"아니, 그게 아니라. 이세진이랑 친하냐고? 이세진이 처음에는 신지호를 찾다가, 지금 교실에 없다니까 너 좀 불러 달라는데?"

뭐? 이세진이? 나를 왜? 돌아보니 교실 뒷문에 진짜로 이세진이 서 있었다. 교실에 있는 애들이 나랑 이세진을 번갈아 보고 있었다. 나는 만화책을 다시 넣고 얼른 복도로 나갔다. 어제 이세진이 했던 말이 떠올랐다.

'암튼 너네 나중에 다시 봐.'

근데 진짜로 이렇게 빨리 다시 보게 될 줄이야. 대체 이세진이 직접 우리 반까지 찾아와서 날 만나야 할 이유가 뭐지?

내가 복도로 나가자마자 이세진은 나를 복도 끝 구석으로 잡아끌었다.

"야, 넌 왜 이렇게 굼뜨냐? 불렀으면 빨리 나와야지."

그러더니 뒤춤에서 뭔가를 나한테 내밀었다.

"이거 신지호한테 전해. 애들 몰래."

이세진 손에는 예쁘게 포장된 상자가 있었다. 뭐가 들었는지는 모르겠지만 크기가 내 주먹만 했다. 뭐야? 날 부른

게 고작 이것 때문이란 말이야? 내가 무슨 자기 심부름꾼
도 아니고. 내가 입술을 삐죽대며 상자를 안 받자 이세진이
말했다.

"뭐 해? 빨리 안 받아?"

입술을 앙 다문 이세진 표정이 앙칼져 보였다. 만약 내가

거절이라도 했다간 살쾡이처럼 앞발을 들어 할퀼 것 같았다. 어젠 예쁘다고 생각했던 얼굴이 오늘은 무섭게 느껴졌다.

나는 이세진이 준 상자를 잠바 주머니에 넣고 교실로 돌아왔다. 아직 신지호는 교실에 오지 않았다. 몰래 주라고 했으니 신지호 자리에 올려놓을 수도 없고. 주머니에 있는 상자가 꼭 돌덩이처럼 무겁게 느껴졌다. 그런데 그때, 교실 뒤에서 누군가가 소리쳤다.

"어제 우리 아빠가 외국에서 사탕 사 왔는데 먹어 볼 사람?"

뭐야? 갑자기 이게 웬 떡! 이런 덴 절대 빠져서는 안 된다. 나는 얼른 상자를 내 사물함에 넣고 소리쳤다.

"나! 나도 줘!"

어느새 아이들이 교실 귀퉁이로 몰려들었다. 나는 얼른 아이들을 헤치며 앞으로 나갔다. 달콤한 사탕 생각에 침이 꼴깍 나왔다.

# 먹방의 기술

　학교가 끝났다. 오늘따라 집에 가는 발걸음이 어느 때보다 가벼웠다. 어젯밤, 엄마가 아이스크림을 잔뜩 사 놓은 걸 봐 놨기 때문이다. 엄마는 요즘 이 시간에 파트 타임으로 일을 나간다. 그러니까 엄마가 오기 전에 얼른 집에 가야 한다. 엄마가 오면 아이스크림을 딱 하나밖에 못 먹으니까. 휴대폰 시계를 보니 엄마가 오려면 고작 20분밖에 남지 않았다. 형이랑 누나가 오기 전에 도착하면 아이스크림을 더 먹을 수 있다. 발걸음이 점점 빨라졌다. 그러다 막판에는 집까지 전속력으로 뛰었다. 결국 나는 현관문을 열자마자 거실 바닥에 뻗어 버렸다. 그런데 아무도 없을 줄 알았던 집 안에서 인기척이 들렸다.

"왜 이렇게 헉헉대면서 들어와? 혹시 집에 먹을 거라도 숨겨 놨냐?"

이럴 수가. 누나가 웬일로 집에 일찍 들어와 있었다. 누나가 있으면 아이스크림 하나는 분명히 빼앗길 텐데. 하지만 나는 대답할 기운도 없어 숨만 몰아쉬었다. 누나는 그런 나를 보고 쯧쯧 혀를 차며 자기 방으로 들어갔다. 이때다! 누나가 방에 있는 동안 몰래 해치워야지.

나는 살금살금 냉장고로 걸어갔다. 그리고 냉동실에 있는 아이스크림을 소리 나지 않게 하나씩 꺼냈다. 아이스크림은 세어 보니 모두 열 개였다. 열 개라 봤자 그리 많은 양은 아니다. 아이스크림 하나에 두 입 정도면 끝나니까. 나는 아이스크림 껍질을 하나씩 깠다. 미리 까놓고 끊기지 않게 연속으로 먹어 치울 참이었다. 그런데 갑자기 방문이 벌컥 열리며 누나가 거실로 나왔다.

"이영찬 죽을래? 다른 가족도 먹어야지!"

망했다. 그냥 하나씩 까서 먹었으면 지금쯤 다섯 개는 먹었을 텐데. 에라 모르겠다. 지금이라도 먹을 수 있는 데까지 먹어 보자. 설마 입에 넣은 아이스크림까지 뺏어가겠

어? 나는 닥치는 대로 입속에 아이스크림을 욱여넣었다. 누나는 당황했는지 입이 쩍 벌어져 그 자리에 얼음처럼 굳었다. 그런데 그때, 누군가 내 뒤통수를 팍 쳤다. 입에 넣은 아이스크림이 자동으로 식탁에 발사됐다.

누구지? 누나는 분명 내 눈앞에 있는데. 돌아보니 형이었다. 이 시간에 형은 또 웬일이야?

"아, 진짜. 시끄러워서 스케치를 할 수가 없네. 적당히 좀 먹어, 이 먹보야."

아파서인지 속상해서인지 눈물이 찔끔 나왔다. 나는 뜨거운 뒤통수를 문지르며 소리쳤다.

"누나랑 형 둘 다 너무해. 동생이 아이스크림 좀 실컷 먹어 보겠다는데 이렇게까지 해야 돼?"

누나가 까 놓은 아이스크림 하나를 앙 깨물며 말했다.

"넌 맨날 놀기만 하면서 뭘 그렇게 많이 먹냐? 난 오늘부터 시험 기간이고, 오빠 오늘 사생 대회 작품 스케치해야 돼. 하는 일 없이 먹기만 하면 양심에 찔리지도 않냐?"

칫, 그래. 나만 빼고 다들 잘났다. 나는 서러워서 대꾸할 말도 떠오르지 않았다. 그런데 때마침 휴대폰이 지잉지잉 울렸다. 신지호였다.

"야, 이영찬. 너 지금 당장 우리 집으로 와."

"지금? 왜?"

"아무래도 이렇게 포기할 순 없어. 이건 다른 것도 아니라 유튜브잖아. 내 꿈이었다고. 처음부터 다시 공부하고 찍어 볼 거야. 인터넷 뒤져 보니 먹방 카페들이 꽤 많아. 이것저것 연구하고 준비해야 하니까 너도 빨리 와."

신지호 말은 들을수록 이해가 더 안 갔다. 먹방 공부? 세상에 그런 공부도 있단 말인가? 그리고 거길 내가 왜 가야 해? 내가 대답을 망설이자 신지호가 말했다.

"처음에 같이하기로 했으니까 끝까지 같이해야지! 휴, 우리 집에 꽈배기랑 도너츠도 있어. 지금 빨리 안 오면 내가 다 먹어 버린다."

꽈배기랑 도너츠란 말에 나는 벌떡 일어났다. 형이 물었다.

"이영찬, 어디가?"

뒤통수 때린 게 인제 와서 미안했는지 내 눈치를 살피는 것 같았다.

"나도 공부하러 간다, 왜?"

누나랑 형은 두 눈이 뚱그래져서 서로 눈빛을 주고받았다. 태어나서 13년 동안 공부하러 나간단 말은 처음이었으니까 그럴 만도 했다. 나는 일부러 현관문을 쾅 소리 나게 밀었다. 하지만 당장에 뛰쳐나갈 듯이 문을 닫았어도 나는 나오자마자 되도록 느릿느릿 걸었다. 어떤 공부든 공부는 딱 질색이니까. 늦게 가도 꽈배기랑 도너츠는 그대로일 거다. 입 짧은 신지호가 다 먹을 거란 말은 보나 마나 거짓말이다. 나는 열 걸음에 한 번씩 쉬어 가며 신지호네 집까지 천천히 갔다.

내가 꽈배기랑 도너츠를 먹는 동안 신지호는 생각보다 꽤나 열심히 공부했다. 인터넷 먹방 카페에 가입해서 거기 있는 자료를 모조리 읽고, 필요한 건 프린트까지 해서 밑줄도 쳤다. 맨날 설렁설렁 대충대충인 신지호가 이렇게 뭔가를 열심히 하는 모습은 처음이었다. 인제 보니 유튜브 감독이 꿈이란 말이 진짜 진심인 것 같았다. 나는 그런 신지호를 신기하게 쳐다보며 간식을 먹었다. 그러다 신지호가 계속 먹기만 하냐고 눈치를 줄 때만 대충 자료를 보는 척했다.

그래도 그렇게 쪼끔씩 흘려 본 내용 중에는 재밌는 것도 있었다. 특히 신기했던 건 먹방에도 종류가 있단 거다. 단순히 먹기만 하는 게 먹방인 줄 알았는데 이렇게 다양한 먹방이 있을 줄은 몰랐다. 신기한 음식을 찾아다니는 기행 먹방, 직접 요리를 해서 먹는 쿡방, 먹는 소리를 들려주는 에이에스엠알(ASMR) 먹방 등 마치 운동선수마다 주특기가 있는 것과 비슷했다.

신지호가 자기 방 컴퓨터 의자를 뱅그르르 돌리며 말했다.

"흠, 그럼 이제 우리도 종목을 정하자. 이영찬 넌 어떻게 먹는 걸 잘하지?"

글쎄, 난 그냥 생각 없이 많이 먹기만 하는데. 그것도 엄청나게 많이. 텔레파시가 통했는지 신지호가 말했다.

"그래! 많이 먹기. 이영찬 넌 진짜 많이 먹어."

맞다. 게다가 난 순식간에 몇 접시를 다 비운다.

"그리고 또 빨리 먹기! 넌 엄청나게 빨리 먹잖아."

이로써 내 종목이 정해졌다. 빨리 그리고 많이 먹기다. 그건 내 생각에도 정말 자신 있다. 하지만 무조건 무식하게 많이 그리고 빨리 먹지는 않기로 했다. 양껏 열심히는 먹되, 맛을 음미하며 즐겁게 먹는 걸 우선으로 하기로 했다. 신지호가 목소리를 내리깔며 말했다.

"촬영이 중요하긴 하지만 괜히 또 무리하다 병원에 실려가지 않게 조심해라."

신지호가 웬일인지 꼭 어른 같은 소리를 했다. 신지호는 뒤늦게 내 배탈 사건을 듣고 꽤 오래 미안해했다.

“당연하지. 나 이제 그렇게 무식하겐 안 먹어. 내가 무슨 어린애냐?”

나도 신지호한테 어른 같은 말투로 말했다. 신지호가 말하지 않았어도 나 역시 그럴 생각이었다. 실은 아까 유튜브 카페를 훑어보다 깨달은 바도 있었다. 진정한 유튜버는 건강 관리를 비롯해서 자기 관리를 잘하는 게 우선이라고 했다.

신지호가 말했다.

“그럼 일단 종목은 정해졌고, 다음은 채널 명이랑 닉네임을 정해 볼까? 사람들 머릿속에 딱 남을 만한 걸로 골라야 하는데……. 이영찬, 혹시 너 좋은 아이디어 있냐?”

나는 곰돌이 푸 숟가락으로 마지막 남은 꽈배기를 쿡 찍으며 고개를 절레절레 흔들었다. 나한테 아이디어가 있을 리가. 지금 내 머릿속은 이게 마지막 꽈배기라는 아쉬움으로 꽉 차 있을 뿐이다. 그런데 그때 신지호가 내 곰돌이 푸 숟가락을 가리키며 말했다.

“아, 저 국자! 바로 저거야!”

신지호는 채널 명을 국자 티브이(TV), 내 닉네임을 국자 소년으로 짓자고 말했다. 나는 꽈배기를 입에 물고 발끈하

며 말했다.

"이거 국자 아니거든! 숟가락이라고."

"세상에 이만한 숟가락이 어딨냐? 누가 봐도 당연히 국
자지. 됐어, 이게 딱이야. 이제부터 우리 채널은 국자 티브
이, 넌 국자 소년이다. 야호!"

나는 뭐라고 더 반박하려다 그냥 꽈배기만 꿀꺽 삼키고

말았다. 어차피 백날 말해 봤자 사람들은 늘 내 숟가락을 국자라고 했고, 딱히 더 떠오르는 아이디어도 없었다.

신지호는 기분이 좋은지 히죽히죽 웃으며 꽈배기 그릇을 자기 쪽으로 잡아당겼다. 꽈배기 접시는 이미 텅 비어 있었다. 그 많던 꽈배기가 다 어디로 간 거지? 생각해 보니 신지호는 꽈배기를 하나도 안 먹은 것 같았다. 마지막 하나는 남겨 줄 걸 그랬나? 신지호는 그릇에 묻은 설탕을 손가락으로 쿡 찍어 먹었다. 괜히 눈치가 보여 신지호한테 말했다.

"먹고 싶음 진작 먹지 왜 빈 접시에 설탕만 깨작대냐?"

"왜? 혼자 다 먹고 나니 인제 와서 미안하긴 하냐? 풋, 됐어. 나 원래 꽈배기 먹을 생각 없었으니까."

뭐라고? 세상에 꽈배기 싫어하는 사람도 있었나? 그런데 신지호 말을 듣다 보니 갑자기 궁금한 게 생겼다.

"근데, 신지호. 너는 먹는 것도 별로 안 좋아하면서 도대체 먹방은 왜 찍는 거야?"

그러자 신지호가 잠시 뜸을 들이더니 말했다.

"먹는 걸 안 좋아하는 게 아니라 많이 못 먹는 거야. 소화가 잘 안 돼서."

신지호는 체질적으로 소화 기관이 약하다고 했다. 어릴 적부터 음식을 조금만 많이 먹어도 체하기 일쑤였다고. 그래서 굳이 맛없는 음식은 먹지 않고, 맛있는 것도 조금씩만 먹는다고 했다. 처음 듣는 얘기였다. 난 지난번에 딱 한 번 체하고도 무진장 고생스러웠는데, 신지호는 정말 힘들었겠단 생각이 들었다. 항상 먹는 양을 조절해야 하는 기분은 어떤 걸까?

　"나도 가끔은 배가 찢어지도록 먹어 보고 싶어. 하지만 그럴 수 없잖아? 근데 그럴 때 먹방을 보면 이상하게 짜릿하고, 기분이 좋아진단 말이지. 꼭 내가 같이 먹은 것처럼 말이야."

　신지호 얼굴에 슬며시 웃음이 번졌다. 먹방을 떠올리기만 해도 기분이 좋아지는 것 같았다. 신지호는 말했다. 먹방 시청자들 중에는 그냥 단순히 재미로만 보는 사람뿐 아니라 신지호처럼 허약한 사람도 있고, 혼자 먹는 게 외로운 사람도 있다고 말이다.

　"그러니까 이영찬, 앞으로는 책임감을 가지고 더 잘 먹어. 이 형님 말씀 알아듣겠냐?"

신지호가 형님이라고 말했는데 나도 모르게 잠자코 고개를 끄덕이고 말았다. 그동안 먹방을 가볍게만 생각했는데 갑자기 내가 아주 중요한 일을 맡게 된 것 같았다.

그 뒤, 나는 학교 끝나고 신지호네 가는 날이 점점 잦아졌다. 신지호 엄마가 주시는 간식이 좋기도 했지만 알면 알수록 먹방이 조금씩 재미있어졌다. 어제는 심지어 신지호가 시키지도 않았는데도 집에서 먹방 카페를 뒤적거리기까지 했다.

하지만 먹방 공부도 시간이 지날수록 힘들어졌다. 맨날 앉아 컴퓨터만 보고 있으니 엉덩이가 쑤시고 눈까지 뻑뻑했다. 유튜브로 볼 땐 먹방이 별거 아닌 줄만 알았는데 먹방의 세계는 깊고 넓었다. 먹방에도 기술이 있었고, 그 기술을 다 익혀야 제대로 찍을 수 있었다. 맨날 생각 없이 먹기만 했는데 먹는 걸 이렇게 열심히 공부해 본 건 처음이었다.

어느덧, 먹방 카페에 더 이상 읽을 자료가 없어졌다.

"이영찬, 우리 이제 다시 찍어 보자."

신지호 말에 나도 고개를 끄덕였다. 이젠 정말 더 잘 먹을 수 있을 것 같다.

오늘 우리가 촬영할 곳은 '엄청나 돈가스'. 엄청나 돈가스집 왕돈가스는 크기가 말 그대로 정말 엄청났다. 돈가스 하나가 보통 돈가스 다섯 개 크기는 족히 될 정도였다.

우리는 식당에 들어오자마자 블록을 조립하듯 테이블 여덟 개를 길게 척척 붙였다. 순식간에 단체 손님이라도 올 것 같은 긴 테이블이 완성되었다. 초등학생 둘이 들어와 넓은 테이블을 차지하자 옆에 앉은 손님들이 흘끔거렸다. 나는 아랑곳하지 않고 주문했다. 내 양껏 딱 적당한 정도만.

"여기 왕돈가스 다섯 개랑 치즈 돈가스 네 개, 생선 가스 세 개랑 고구마 가스 두 개 주세요."

사람들은 그제야 몇 명이 더 오려나 보다고 수군거리며 다시 식사에 집중했다. 방금 시킨 양이 고작 내 1인분이란 걸 알게 되면 아마 기절초풍할 텐데. 하지만 다행히도 음식이 나오기 전에 사람들은 먼저 식사를 끝내고 모두 나갔다.

드디어 하나둘씩 음식이 나오기 시작했다. 음식이 세팅되는 동안 우리는 휴대폰을 식탁에 놓고 각도를 바꿔 가며 앵글을 맞췄다. 카페에서 본 대로 카메라에 받침대를 놓고 높이를 조정하자 음식과 내 모습이 화면 안에 꽉 찼다. 지난번 영상에선 내 얼굴만 나오고 음식이 안 나왔다. 그래서 음식이 얼마나 많았는지, 또 얼마나 남았는지 하나도 알 수가 없었다. 이 정도는 먹방의 기본 중 기본인데 이것도 몰랐으니 실패하는 게 당연했다.

드디어 준비가 다 되었다. 신지호가 카메라 뒤에서 외쳤다.

"레디, 액션!"

신지호의 신호가 떨어졌지만, 아직도 먹어선 안 된다. 먼저 오프닝 멘트부터 해야 한다. 조금 쑥스럽긴 하지만 빼놓을 수 없는 절차다.

"안녕하세요. 국자 티브이의 국자 소년입니다."

오프닝을 끝내고, 나는 돈가스 접시들을 하나씩 들고 카메라에 비췄다. 신지호가 손가락으로 오케이 표시를 했다. 돈가스가 화면에 먹음직스럽게 잘 나오는 모양이었다. 좋았어! 지금까진 괜찮다. 그런데 그때, 신지호가 검지를 내 쪽으로 날리며 큐 사인을 보냈다. 휴, 정말 이것까지 해야 하나. 이건 정말 쑥스러운데. 하지만 이왕 하기로 한 거 제대로 한번 해 볼까. 나는 오른손에 곰돌이 푸 숟가락을 들었다. 그리고 내가 할 수 있는 한 최대한 귀엽고 깜찍한 표정을 지으며 노래를 시작했다.

"냠냠냠. 맛있는 점심. 감사합니다. 친구들아, 잘 먹자."

냠냠냠 송. 그동안은 창피해서 나 혼자만 작게 불렀던 노래. 사실 먹기 전에 이 노래를 불러 보자는 아이디어는 내가 낸 거다. 신지호가 너도 의견 좀 내보라고 닦달하는 바람에 그냥 한번 해 본 말이었다. 근데 예상외로 신지호가 냠냠냠 송 아이디어를 엄청 좋아했다. 덩치 큰 내가 귀여운 식사 노래를 부르면 엄청 웃길 거라면서 말이다. 내가 낸 아이디어니 인제 와서 안 한다고 할 수도 없었다. 그렇게 우리도 멸치 송처럼 우리만의 로고 송이 생긴 거다.

드디어 모든 의식이 끝났다. 이제는 정말 먹을 시간이었다.

나는 제일 먼저 왕돈가스를 칼로 네 등분했다. 그제야 한 조각이 1인분 정도 되는 크기가 되었다. 곰돌이 푸 숟가락 끝으로 한 조각 가운데를 쿡 집었다. 와사삭 하는 소리에 군침이 나왔다.

"자, 그럼 이제 한번 먹어 보겠습니다."

나는 왕돈가스 한 조각을 한입에 쑤셔 넣었다. 와사삭,

와삭, 와사삭. 일부러 소리도 더 크게 냈다. 머릿속에선 잘 마른 낙엽들이 그려졌다.

"꼭 낙엽을 밟는 것처럼 입안에서 와사삭거려요."

나는 머릿속에 떠오르는 대로 멘트를 날렸다. 신지호가 카메라 밖에서 엄지를 치켜올렸다. 맛 표현이 제대로란 뜻이다. 그냥 떠오르는 대로 말해 본 건데. 머릿속에 맛이 그려지는 게 이런 데 쓰일 줄이야.

먹는 속도에 점점 가속이 붙으며 돈가스 접시가 하나둘씩 깨끗해졌다. 단 네 입 만에 왕돈가스 하나를 끝내 버리고 기세를 몰아 연속으로 다섯 접시를 해치웠다. 카메라 밖에서 신지호가 침을 꼴깍 삼키는 게 보였다. 입 짧은 신지호인데도 먹고 싶어 미치겠다는 표정이었다. 하지만 신지호한테 남겨 줄 돈가스는 없다. 나는 남은 부스러기까지 곰

돌이 푸 숟가락으로 싹싹 긁어 입안에 털어 넣었다.

　드디어 촬영이 끝났다. 지금껏 태어나서 수만 끼나 되는 밥을 먹었지만, 이렇게 열심히 잘 먹어 보려고 노력한 적은 처음이었다. 하지만 더 중요한 건 지금부터다. 찍는 것도 중요하지만 그보다 중요한 건 편집이니까. 우리는 사흘 밤낮을 함께하며 편집에 온 정성을 다했다.

편집이 끝나니 영상은 정말 그럴듯해졌다. 섬네일, 그러니까 영상이 나오기 전에 보이는 첫 화면은 내가 돈가스 앞에서 입을 크게 벌리고 있는 장면이었다. 첫 장면부터 군침이 도는 게 감탄이 나왔다. 동영상 플레이 버튼을 누르자 우스꽝스러운 배경 음악과 함께 내 얼굴이 등장했다. 내가 돈가스를 먹기 시작하는 부분에선 '과연 다 먹어 치울 수 있을 것인가?'라는 자막과 함께 긴장감이 맴도는 음악도 함께 깔렸다.

내가 이렇게 재밌게 먹었나? 9분 30초나 되는 영상이 고작 1, 2분밖에 안 되는 듯 짧게 느껴졌다. 신지호도 만족스러운 표정으로 말했다.

"어때? 이 정도면 올려도 되겠지?"

신지호는 이번 먹방을 찍으면서 고생한 탓인지 이마에 여드름이 열 개는 더 는 것 같았다. 나는 신지호한테 엄지를 들어 올렸다. 신지호가 마우스로 동영상 업로드 버튼을 클릭했다. 드디어 우리가 찍은 동영상이 유튜브에 올라갔다. 이번엔 왠지 느낌이 좋았다.

# 하룻밤 사이

큰일 났다. 늦잠이다. 어젯밤, 도저히 잠이 안 와 야식을 좀 먹었다. 그냥 간단히 만두 한 봉지만 쪄 먹으려고 했는데 냉동실을 열어 보니 우리 집에 냉동식품이 꽤 많았다. 음식을 봤으면 예의상 맛이라도 한번 봐야 한다. 그 바람에 난 핫도그, 치킨 너깃, 감자튀김, 피자까지 먹느라 그만 12시를 넘겼다. 중간에 잠에서 깬 엄마가 전자레인지 코드만 안 뽑았어도 우리 집 냉동실은 텅 비었을지도 모른다.

학교 건물에 달린 커다란 시계는 벌써 9시를 향해 달려가고 있었다. 큰 바늘이 12에 다다르기 전에 내가 먼저 교실에 도착해야 한다. 지각을 했다간 급식 먹을 때 맨 꼴찌로 줄을 서야 하기 때문이다. 급식 냄새를 맡으며 마지막까지 기다리는 건 정말 괴로운 일이다. 정신 없이 교문을 통과해 달려가는데 누군가 큰 소리로 내 이름을 불렀다.

"야, 이영찬!"

신지호였다.

"왜 이렇게 늦게 와? 얼마나 기다렸는데."

신지호가 달려와 나를 잡아끌었다. 교실 쪽이 아닌 놀이터 쪽이었다.

"신지호, 어디가? 이러다 지각한다고."

그 작은 덩치에서 어떻게 이런 괴력이 나온 걸까. 신지호는 미끄럼틀 아래로 나를 쑤셔 넣었다. 나는 휴대폰 시계를 보며 발을 동동 굴렀다. 이제 9시까지는 겨우 2분밖에 남지 않았다.

"왜 그래, 신지호? 도대체 무슨 일인데."

그런데 신지호가 무슨 일인지 갑자기 나를 덥석 끌어안았다. 갑자기 얘가 왜 이래? 나는 화들짝 놀라 신지호를 밀쳤다. 신지호는 가볍게 튕겨 나가 미끄럼틀에 등을 쿵 박았다. 아이코, 너무 세게 밀었나? 그런데 신지호는 손으로는 자기 등을 문지르면서도 나를 보며 실실 웃었다. 얘가 아침

밥을 잘못 먹었나? 도대체 왜 이러지?

"신지호, 혹시 너 어디 아프냐?"

진짜 걱정이 되려던 차에 신지호가 나한테 휴대폰을 내밀었다.

"이영찬, 이것 좀 봐. 우리 영상 조회 수가 벌써 세 자리야!"

뭐라고? 에이, 설마. 밤새 우리 영상을 본 사람이 그렇게 많을 리가. 나는 신지호가 내민 휴대폰을 보았다. 그런데 이럴 수가. 신지호 말은 사실이었다. 우리 동영상 밑에 '조회 수 213'이란 글자가 또렷하게 적혀 있었다. 물론 그래 봤자 이것도 엄청 높은 조회 수는 아니지만. 그래도 짧은 시간 동안 이렇게 많은 사람이 내 영상을 보다니 신기할 따름이었다.

신지호가 이빨이 다 드러나도록 환히 웃으며 말했다.

"이영찬, 여기 댓글까지 달렸어."

세상에, 댓글까지? 나는 신지호가 내민 휴대폰을 다시 봤다.

- 저렇게 많이 먹으면 몸무게는 대체 얼마나 나갈까?

진짜였다. 정말 누군가 우리 동영상을 보고 댓글을 달아 놓았다. 나는 믿기지 않아 댓글을 읽고 또 읽었다. 신지호가 또 한 번 나를 덥석 끌어안았다.

"이영찬, 넌 정말 대단해. 이번엔 진짜 잘 먹었어."

잘 먹는다고 칭찬을 받을 날이 올 줄이야. 많이 먹는 건 세상에서 가장 쓸데없는 일인 줄만 알았는데 괜히 어깨가 으쓱해졌다.

신지호랑 둘이 같이 키득거리고 있는데, 미끄럼틀 옆으로 누가 지나가는 소리가 들렸다. 고개를 내밀어 보니 이세진이었다. 이세진은 오늘도 아침부터 씩씩거리며 통화를 하고 있었다.

"엄마가 자꾸 이런 식으로 하니까 악플이 더 늘잖아. 사람들도 화장품 써 보면 다 안다고! 좋은지 나쁜지 금방 들통 나는데 왜 자꾸 나한테 거짓말을 시켜!"

신지호가 갑자기 웃다 말고 입술이 뾰로통해졌다. 신지호는 멀어져 가는 이세진을 보며 중얼거렸다.

"칫, 나중에 다시 보잔 말은 도대체 왜 한 거야?"

순간, 머릿속이 번뜩했다. 아, 맞다. 이세진이 신지호한

테 전해 주라던 그 상자! 그동안 이렇게 까맣게 잊고 있었
다니. 나는 얼른 신지호 팔을 잡아끌고 교실로 뛰었다. 신
지호가 질질 끌려 오며 소리쳤다.

"헉헉. 이영찬 갑자기 왜 그래? 급식 꼴찌로 먹기 싫어서
그래?"

살쾡이처럼 쳐다보던 이세진 얼굴이 눈앞에서 번쩍했다. 아직도 신지호한테 상자를 안 전해 준 걸 이세진한테 들키면 큰일이다. 하지만 교실에 도착했을 땐, 이미 수업이 시작된 이후였다. 나는 어쩔 수 없이 자리에 앉아 교과서를 폈다. 1교시는 사회. 하필 세계 여러 나라 음식 사진이 나왔다. 크루아상, 라따뚜이, 스테이크, 바게트. 보기만 해도 군침이 꼴깍 나왔다. 그 바람에 나는 그만 또 이세진이 준 상자를 홀딱 까먹어 버렸다. 그러다 5교시 쉬는 시간, 미술 준비물을 꺼내려고 사물함을 열었을 때 나는 또 가슴이 쿵 내려앉았다.

"신지호, 신지호!"

나는 얼른 신지호를 사물함 앞으로 불렀다. 그리고 다짜고짜 신지호 얼굴을 내 사물함 안에 수욱 밀어 넣었다.

"뭐야, 이영찬? 갑자기 이게 무슨 짓이야!"

나도 그러고 싶지 않지만 어쩔 수 없다. 이세진이 비밀이라고 했단 말이다. 나는 신지호 뒤통수에 대고 속삭였다.

"지금 눈앞에 빨간 상자 보이지? 그거 네 거야."

신지호가 사물함에 머리를 박고 물었다.

"내 거? 이게 뭔데?"

"그야 나도 모르지. 이세진이 주는 거니까."

신지호가 놀랐는지 고개를 들어 올리다 사물함에 쿵 머리를 박았다.

"야, 괜찮냐?"

대답 대신 사물함 안에선 포장지 뜯는 소리가 났다. 궁금해서 나도 가까이 다가가 보니 상자 안엔 로션이 있었다. '사춘기 고민 안녕.'이라고 쓰여 있는 게 아무래도 여드름 로션인 것 같았다. 신지호는 여전히 사물함에 머리를 넣은 채로 로션을 멍하니 쳐다보고 있었다. 저게 그렇게 좋은 로션인가?

"그거 비싼 거야? 그럼 나도 한번 발라 보자."

그러자 신지호가 황급히 로션을 자기 주머니에 쑤셔 넣었다.

"안 돼, 내 거야."

역시 신지호, 이 치사한 자식. 그런데 갑자기 신지호 머리통이 사물함에서 불쑥 튀어나왔다. 무언가 번득 알아차린 표정이었다.

"근데 이영찬, 이거 이세진이 언제 준 거야?"

"음, 전에."

"얼마 전?"

"글쎄…… 한…… 일주일 됐나?"

그러자 신지호가 교실이 떠나가라 나한테 소리를 질렀다.

"야! 넌 그걸 이제 말하면 어떡해!"

교실에 있던 애들이 한꺼번에 우리를 쳐다봤다.

"로션이 썩는 것도 아닌데 왜 그렇게 화를 내? 나도 사물함에 넣어 놨다 깜빡했다고. 교과서도 모두 책상 서랍에 두니까 사물함 열어 볼 일도 없었고."

신지호가 씩씩거리며 나를 째려봤다. 그러다 내 팔을 잡아끌고 이세진네 반으로 갔다.

"왜 그래, 신지호? 설마 내가 늦게 줬다고 이세진한테 이르려는 건 아니지?"

다행히 교실엔 이세진이 안 보였다. 마침 교실에서 다른 여자애가 나왔다. 신지호가 여자애한테 물었다.

"저기, 이세진은 어디 있어?"

"이세진? 걔 아까 촬영 땜에 조퇴한다고 하던데."

여자애 목소리가 퉁명스러웠다. 이세진은 유명한 만큼 시샘도 질투도 많이 받았다. 그래서 그런가? 얘도 이세진을 별로 좋아하는 것 같진 않았다. 여자애가 돌아서려는데 신지호가 여자애 팔목을 다시 잡았다.

"촬영? 어디로?"

여자애 눈초리가 사나워졌다.

"아, 진짜 귀찮게. 촬영이래 봤자 또 요 앞 '빛나 뷰티 샵'인가 뭔가 하는 데겠지. 자기 엄마 친구네 화장품 광고해 주는 것 갖고 무슨 대단한 촬영이라고. 근데 너넨 그런 걸 왜 나한테 물어? 내가 무슨 걔 매니저라도 되는 줄 알아?"

여자애가 툭툭대며 신지호 팔을 뿌리쳤다. 여자애가 복도 끝으로 사라질 때 쯤, 신지호가 무언가 곰곰이 생각하다 말했다.

"이영찬, 너 오늘 학교 끝나고 시간 있지?"

내가 아직 대답도 안 했는데 신지호가 또 말했다.

"그럼 이따 나랑 같이 빛나 뷰티 샵 가는 거다."

"거긴 왜?"

"왜긴? 그러니까…… 그게…… 사람이 선물을 받았으면

고맙단 인사는 해야 할 거 아니야. 그러니까 같이 가. 너 지금 나랑 약속했다."

약속? 내가 언제? 그리고 선물은 네가 받았지 내가 받았냐? 내가 대답을 안 하자 신지호 얼굴이 뾰로통해졌다.

"이거 늦게 줬으면 미안해서라도 당연히 같이 가야지. 그리고 이영찬 넌 의리도 없냐?"

의리? 우리가 의리까지 들먹일 만큼 절친한 사이였던가? 혹시 그동안 신지호랑 나 사이에 우정 비슷한 거라도 생긴 건 아니겠지? 하긴, 생각해 보면 요 며칠간 신지호랑 내내 붙어 다니긴 했다. 매몰차게 거절하려 했는데 이상하게 그럴 수가 없다. 에잇, 어쩔 수 없지. 나도 모르게 신지호한테 그러겠다고 약속을 하고 말았다.

# 빛나 뷰티 샵

빛나 뷰티 샵은 '유튜브 촬영 중'이라는 팻말과 함께 문이 잠겨 있었다. 우리는 창문에 붙은 거대 광고지들 사이로 안쪽을 살폈다. 화장품 진열대 앞에 이세진이 보였다. 반대 쪽에선 어떤 아저씨가 카메라를 들고 있었다.

활짝 웃는 이세진은 꼭 연예인 같았다. 화장품을 카메라 가까이 보여 주기도 하고, 뚜껑을 열어서 직접 발라 보는 모습이 진짜 전문가 같았다. 귀를 바짝 대 보니 안에서 나는 소리도 들렸다.

"오늘 소개해 드릴 제품은, 짜잔! 어린이 전용 틴트입니다."

화장을 짙게 한 아줌마가 카메라 옆에서 이세진을 지켜

보고 있었다. 쌍꺼풀진 눈과 오똑한 콧날이 이세진과 똑같았다. 아줌마는 아까부터 팔짱을 낀 채 큰 눈을 치켜뜨고 있었다. 생긴 건 딱 이세진 엄마 같은데 하는 행동은 꼭 이세진을 감시하러 온 소속사 사장님 같았다.

근데 신지호는 아까부터 왜 이렇게 조용하지? 옆을 보니 신지호는 유리창에 이마랑 코까지 대고 이세진을 구경하고 있었다. 쭈글쭈글 이마가 눌리고, 돼지코가 된 신지호는 진짜 볼 만했다. 언제까지 저렇게 못생긴 얼굴로 쳐다보고만 있으려나? 나는 팔꿈치로 신지호를 쿡 쳤다.

"야, 신지호. 이렇게 끝날 때까지 기다리고만 있을 거야? 슬슬 배도 고픈데 우리 그냥 핫도그나 먹으러 가자."

신지호는 못 들었는지, 못 들은 척하는 건지 꿈쩍도 안 했다. 그냥 이세진 모습을 넋 놓고 쳐다보기만 했다. 여차하면 그냥 혼자 가 버릴까 하던 차에 이세진이 카메라를 보며 '안녕.' 하고 두 손을 흔들었다. 드디어 촬영이 끝난 것 같았다.

"야, 신지호, 끝났나 보다. 얼른 들어가 보자."

"아직 아니야. 다음 촬영도 있는 것 같아."

아니나 다를까 아줌마가 이세진 앞에 화장품을 새로 세팅하기 시작했다. 뭐야? 하루에 촬영을 하나도 아니고 여러 개를 한단 말이야? 역시 유명 유튜버라 다른가? 그럼 신지호는 대체 언제까지 이러고 있을 거란 말이야? 그런데 그때, 이세진이 갑자기 인상을 팍 썼다. 카메라 앞에서 활짝 웃던 모습이랑은 180도 달라진 표정이었다.

"내가 이건 분명 안 한다고 그랬지!"

갑자기 이세진이 왜 저러는 거지? 나는 다시 창문에 이마를 대고 구경 모드에 돌입했다. 무슨 일인지는 모르겠지만 상황이 갑자기 심각하게 돌아가는 것 같았다. 아줌마가 이세진에게 작은 소리로 뭐라고 말했다. 그러자 이세진이 갑자기 앞에 있던 화장품을 획 밀쳤다. 쨍그랑! 화장품이 바닥에 떨어지며 깨졌다. 순간, 이세진은 자기가 밀어 놓고도 움찔하며 물러섰다. 왠지 이세진도 화장품을 깨려고까지 했던 건 아닌 것 같았다. 아줌마가 소리쳤다.

"너 프로답지 못하게 이게 무슨 짓이야? 그것도 협찬받은 화장품을!"

아줌마의 날카로운 목소리가 뷰티 샵 밖까지 크게 들렸

다. 이세진이 한풀 꺾인 목소리로 말했다.

"엄마, 꼭 이렇게까지 해야 해? 난 진짜 좋은 화장품만 좋다고 하고 싶어. 내가 직접 써 봤을 때 확실한 것만."

이세진 목소리가 살짝 울먹이는 것 같았다. 하지만 아줌마는 그런 이세진을 보고도 눈 하나 깜짝 않았다.

"아직도 아마추어 같은 소리 한다. 유튜브는 결국 광고수입이야. 그러니 당연히 협찬 상품은 좋다고 해야지. 엄마는 다 너를 위해서 이러는 거야. 네가 먼저 유튜버 시켜달라며?"

아줌마는 눈물이 그렁그렁한 이세진을 보고도 눈 하나 깜짝 않았다. 아줌마는 웃음기 하나 없는 얼굴로 다시 이세진 앞에 아까 깨진 화장품이랑 똑같은 화장품을 올려놨다. 그러자 이세진이 갑자기 자리를 박차고 뷰티 샵을 뛰쳐나왔다. 나도 모르게 이세진을 불렀다.

"어? 이, 이세진!"

하지만 이세진은 우리를 못 봤는지 그냥 뛰면서 스쳐 지나갔다. 아까부터 옆에서 안절부절못하던 카메라맨 아저씨가 말했다.

"어떡할까요? 오늘 촬영은 그냥 여기서 접을까요?"

그러자 아줌마가 억지스러운 미소를 지으며 말했다.

"죄송해요. 쟤가 요즘 사춘기인지 갑자기 안 하던 짓을 하더라고요. 그래도 걱정 마세요. 전화하면 금세 풀려서 다시 촬영 하러 올 거예요."

저렇게 나간 애를 또 촬영하라고 부른다고? 아까 이세진 표정은 절대 다시 올 것 같지 않던데. 그런데 그때, 갑자기 신지호가 이세진을 쫓아 뛰기 시작했다. 아줌마도, 카메라 아저씨도 가만히 있는데 신지호 네가 왜 따라가? 나도 엉겁결에 신지호를 따라 뛰었다.

"신지호! 따라가서 뭐 하려고. 그냥 핫도그나 먹으러 가자."

신지호는 꽤 빨랐다. 꼭 날렵한 메뚜기 같았다. 한 100미터쯤 뛰어갔을까? 드디어 신지호가 이세진을 따라잡았다. 나는 신지호까지 다섯 걸음 정도를 남기고 헉헉대며 멈춰 섰다. 신지호가 이세진 어깨를 잡았다.

"이, 이세진!"

신지호는 겨우 이세진 이름 석 자를 말하고서 한참 동안 숨을 헐떡거렸다. 돌아선 이세진이 날선 목소리로 말했다.

"뭐야, 넌?"

"너, 너, 괜찮아?"

갑자기 이세진이 신지호를 째려봤다. 괜찮냐는 말이 째려봐야 할 소린 아닌 것 같은데. 그런데 느닷없이 이세진 눈에서 주르륵 눈물이 흘렀다. 뭐야, 갑자기 저건 또 무슨 전개지? 신지호도 어쩔 줄 몰라 하며 말했다.

"미, 미안해."

이건 또 뭔 소리람. 갑자기 신지호는 쌩뚱 맞게 뭐가 미안하다는 거야? 그런데 그때였다. 삐리리리 삐리리리. 이세진 휴대폰이 울렸다. 아마도 이세진 엄마 같았다. 이세진은 앞으로 달려가지도, 다시 돌아가지도 못하고 손에 든 휴대폰만 보았다. 신지호도 이세진 휴대폰만 쳐다보았다. 이윽고 휴대폰 소리가 멈췄다. 갑자기 거리가 조용해졌다. 짧지만 긴 것 같은 침묵을 깨고 신지호가 말했다.

"지난번엔 아무것도 모르고 함부로 말해서 미안. 난 네가 그런 마음으로 유튜브를 찍는 줄 몰랐어."

갑자기 이세진 얼굴이 당황한 듯 붉어졌다. 신지호가 검지로 이마 여드름을 문지르며 말을 이었다.

"근데, 아깐 너 쫌 멋있더라."

이세진 표정이 왔다 갔다 했다. 아까보다 얼굴이 더 붉어지는 것 같더니, 입술을 살짝 깨물었다가, 그러다 갑자기 눈꼬리가 위로 확 올라갔다.

"너 혹시 아까부터 다 보고 있던 거야? 넌 정말 하나부터 열까지 전부 다 마음에 안 들어!"

이세진이 차갑게 휙 돌아섰다. 신지호는 따라가야 하나 말아야 하나 고민되는지 갈팡질팡하며 망설였다. 그러다 결국 멀어져 가는 이세진 뒤에 대고 소리쳤다.

"이세진, 시간 나면 우리 채널에도 한번 들어와 봐. 국자 티브이야. 나도 앞으로 더 열심히 해 볼게. 너도 계속 화이팅이다!"

이세진은 잠시 멈칫하다 그냥 다시 앞만 보고 걸어갔다. 나는 이제야 신지호한테 다가가 한마디 했다.

"솔직히 말해. 너 이세진 싫어하는 거 아니지? 아예 좋아한다고 고백이라도 하지 그러냐."

"그런 거 아니거든!"

지나가던 사람들이 우리를 쳐다봤다. 신지호는 그러거나 말거나 멀어지는 이세진만 보고 있었다.

# 조회 수와 댓글

317. 오늘 아침에 확인한 우리 먹방 조회 수다. 처음 속도만큼은 꾸준히 계속 오를 줄 알았는데. 하루이틀 반짝하더니 더 이상 오르지 않았다. 우리 영상은 새로 나온 다른 영상들에 밀리면서 점차 사라지는 듯했다.

신지호는 오늘도 점심시간에 급식은 고작 한두 숟가락 뜨다 말고 운동장으로 나갔다. 점심을 먹고 나가 보니 신지호는 역시나 미끄럼틀 밑에서 휴대폰을 하고 있었다. 그렇게 자주 보면 조회 수가 올라가기라도 하나. 예상대로 신지호 얼굴은 시무룩했다. 신지호 휴대폰을 보니 조회 수는 320. 아침보다 고작 3회 올라 있었다.

"기운 내, 신지호. 그래도 댓글은 하나 더 달렸네."

나는 일부러 신지호 들으라고 댓글을 소리 내어 읽었다.

– 나 이 사람 먹는 거 직접 본 적 있음. 멸치 유튜브 촬영 중이었는데 멸치보다 더 잘 먹어서 깜놀.

내용을 보니 지난번 배 터져 라면 가게에서 구경하던 사람 중 하나인 것 같았다. 하지만 신지호는 여전히 시무룩한 표정이었다.

"멸치보다 잘 먹으면 뭐 해. 조회 수는 멸치 똥만큼도 안 나오는데."

맞는 말이다. 사실 나도 기분이 썩 좋진 않다. 하루 만에 조회 수가 세 자리로 오르길래 이번엔 진짜 성공하는 줄 알았다. 조회 수가 네 자리에서 다섯 자리까지 오르면 광고가 붙어 돈도 벌 수 있다고 했다. 그럼 이번에야말로 내 축하 파티로 가족들이랑 실컷 고기나 먹어 보려 했는데.

나랑 신지호는 미끄럼틀 밑에서 나란히 번갈아 한숨을 쉬었다. 괜히 되지도 않는 유튜브를 해 보겠다고 헛고생만 한 것 같았다. 밤낮 놀지도 않고 유튜브 카페를 뒤져 봤던 시간이 아까웠다. 그런데 유튜브 카페를 생각하자 문득 머릿속이 번쩍했다. 해시…… 뭐더라? 그래, 맞아, 해시 태그! 바로 그거다. 나는 신지호 아까 읽은 댓글을 가리키며 말했다.

"신지호! 우리 이 댓글로 해시 태그 한번 달아 볼까? 멸치 꽤 유명한 먹방러라며."

신지호 눈이 번뜩 커졌다. 나랑 생각이 통한 거다. 신지호는 얼른 손가락을 바쁘게 움직이기 시작했다. 순식간에 우리 동영상 밑에 '#멸치', '#멸치채널'이란 글자가 붙었다. 해시 태그는 어떤 주제를 쉽게 찾을 수 있도록 만든 기호 같은 거다. 이렇게 해시 태그를 달면 이제 멸치를 검색하는 사람들도 우리 동영상을 볼 수 있게 된다. 멸치보다 더 잘 먹는단 댓글이 있으니 분명 호기심을 끌 만도 했다.

"이영찬, 제법인데?"

신지호 얼굴에 화색이 돌았다. 근데 이렇게 했는데도 조회 수가 그대로면 어떡하지? 신이 난 신지호 얼굴을 보니 갑자기 걱정이 됐다. 뭐라도 해 보자는 심정으로 말해 보긴 했지만, 이거 하나에 정말 조회 수가 오르긴 할까?

하지만 그건 괜한 걱정이었다. 해시 태그의 위력은 그야말로 대단했다. 멸치 관련 해시 태그가 달리고 나서부터 우리 동영상 조회 수는 날개가 달린 듯 급상승했다. 같이 라면을 먹을 땐 잘 못 느꼈는데 멸치가 꽤 유명하긴 한 것 같 았다.

그뿐만이 아니었다. 일주일 뒤, 누군가 댓글로 나랑 멸치 가 라면 먹는 동영상을 링크로 걸어 올렸다. 멸치가 먹는 걸 찍으려다 내 모습도 같이 찍은 영상이었다. 그 후 조회 수는 전보다도 더 빨리 올랐다.

신지호는 이제 수업 시간에도 10분에 한 번씩 몰래 조회 수를 확인했다. 여기서 더 올라갈 수 있을까 했는데 거짓말 같이 들어갈 때마다 동영상 조회 수가 꾸준히 올라갔다. 순 식간에 동영상 조회 수는 네 자리 수가 되었다. 국자 티브 이엔 이제 구독자까지 생겼다.

신지호랑 나는 오늘도 점심시간에 미끄럼틀 밑에서 키 득거렸다.

"이영찬, 진짜 대박이다. 너 이러다 엄청 유명해지는 거 아니야?"

나는 말도 안 된다는 듯 손사래를 쳤지만 자꾸만 어깨에 힘이 들어갔다. 그런데 그 순간, 우리 영상 밑에 새로운 댓 글이 달렸다.

- 국자 소년 님, 라방도 한번 찍어 주세요.

　　그러자 신지호가 휴대폰을 들고 벌떡 일어서며 말했다.

　　"라방? 그거 진짜 재밌겠는데!"

# 라방을 정복하라

라방. 유튜브로 하는 라이브 방송의 줄임 말이다. 날이 갈수록 우리 영상엔 라방을 요청하는 댓글들이 점점 더 많아졌다. 멸치와 점보 라면을 먹는 영상이 화제가 되면서 내가 먹는 걸 생방송으로 직접 보고 싶단 거였다. '진짜 대단하다. 꼭 보고 싶다.'는 긍정적인 이유도 있었지만 '못 믿겠다. 편집 아니냐.'는 식의 댓글들도 있었다. 이유가 어쨌든 결국 결론은 모두 라방이었다. 구독자들의 요구를 더 이상 못 들은 척할 수는 없었다.

"좋아. 까짓것 해 보지 뭐."

나는 자신감이 한껏 올라 시원스럽게 오케이를 했다. 신지호는 한술 더 떴다.

"그럼 내친 김에 오늘 바로 찍자."

그렇게 우리는 국자 티브이에 오늘 라방을 예고하는 영상을 올렸다.


여기는 학교 근처 '대왕 왕만두'. 이제 생방송까지는 겨우 15분밖에 남지 않았다. 신지호가 휴대폰 카메라를 세팅하며 말했다.

"이영찬, 명심해. 라방의 생명은 소통이야. 실시간 댓글에 바로바로 대답하고 반응해야 하는 거 알지?"

나는 내 앞에 세팅된 휴대폰 두 개를 보았다. 하나는 나를 찍는 거고, 하나는 댓글 창을 확인하기 위한 거다. 곁눈질로 댓글을 보며 게임도 하는데 댓글을 보며 음식 먹는 것쯤이야 식은 죽 먹기다. 나는 신지호한테 걱정 말라는 듯 고개를 끄덕였다.

생방송 시간까진 이제 겨우 5분. 때맞춰 미리 주문한 만두도 하나씩 나왔다. 고기 왕만두 다섯 판, 김치 왕만두 네 판, 새우 왕만두 네 판, 야채 왕만두 네 판. 식탁에 만두 찜통 탑이 높이 쌓였다. 드디어 약속된 시간이 되었다.

댓글 확인용

촬영용

"안녕하세요. 국자 티브이의 국자 소년입니다."

살짝 긴장한 탓인지 목소리 톤이 평소보다 조금 높았다.

댓글 창에 한꺼번에 댓글들이 쏟아졌다. 나는 카메라를 보면서도 틈틈이 곁눈질로 댓글 창을 확인했다. 댓글 창이 생각보다 빠르게 움직였지만 그래도 금방 적응했다.

- 국자 소년 님이 제일 좋아하는 만두는 뭐예요?

댓글을 읽었으니 이번엔 대답할 차례다.

"아, 제가 제일 좋아하는 만두는…… 바로 새우 왕만두예요. 새우 살이 통통하게 들어 있어서 씹으면 톡톡 터지거든요."

내 말에 댓글 창이 더 빠르게 올라갔다.

- 설명만 들어도 벌써 배가 고파요.
- 그럼 새우 왕만두부터 먹어 주세요.

나는 댓글대로 먼저 새우 왕만두부터 먹어 보기로 했다. 왕만두 하나가 어른 손바닥 크기만큼 커다랬다. 호, 호, 호. 입김 세 번을 분 뒤 큰 왕만두를 한입에 쏙 넣었다. 댓글 요청대로 단무지를 올려서 먹기도 하고, 두 개를 한꺼번에 양볼에 넣기도 했다.

실시간 댓글 반응이 좋았다. 멸치와 비교하는 댓글들도 많았다.

- 우아, 저러니 멸치를 이기지.

– 저 정도면 이기고도 남을 듯.

계속 먹다 또 댓글 창을 확인하는데 댓글 창이 무언가 심상치 않았다. 뭐지? 무슨 일인데 갑자기 댓글 창이 멈췄지? 나는 잠시 숟가락을 내려놓고 댓글 창을 자세히 살폈다. 그런데 이럴 수가.

– 안녕하세요. 저는 멸치입니다.

댓글 창에 자기가 멸치라는 사람이 나타난 거다. 닉네임도 멸치였다. 나는 왕만두를 씹다 말고 잠시 멈칫했다. 사람들도 이 댓글을 보고 멈칫한 것 같았다. 하지만 잠시 뒤, 댓글 창이 다시 빠르게 올라갔다.

– 말도 안 돼. 네가 멸치면 나는 고래다.

– 진짜 당신이 멸치라면 인증샷을 올려라.

나 역시 누군가 장난치는 거란 생각에 다시 대수롭지 않게 넘기려던 차였다. 그런데 잠시 후, 나는 그만 왕만두가 목구멍에 켁 걸리고 말았다. 댓글 창에 진짜로 멸치 사진이 올라온 거다. 멸치가 컴퓨터로 내 라방을 보고 있는 모습이었다. 세상에, 진짜 멸치란 말이야? 지호 말대로라면 멸치는 엄청 유명한 유튜버라던데 이렇게 한가하게 내 영상이

나 볼 시간이 있다고?

　멸치가 말했다.

- 국자 소년 님, 다음 주에 멸치 채널에서 라이브 합방 배틀 신청
　합니다.

　나는 물을 벌컥벌컥 들이키며 댓글 창을 뚫어져라 쳐다봤다. 합방이라면 합동 방송을 말하는 건가? 그것도 멸치랑 배틀로? 댓글 창도 난리가 났다.

- 멸치랑 국자 소년 합방 배틀?

- 대박 사건. 완전 기대!

　댓글들은 이미 내가 배틀을 승낙이라도 한 것처럼 들떠 있었다. 배틀 먹방이라. 재밌을 것 같기도 한데? 그런데 과연 내가 멸치를 이길 수 있을까? 지난번엔 어쩌다 보니 내가 조금 더 빨리 먹긴 했지만, 이번에도 내가 더 잘 먹을 거란 보장은 없었다. 댓글들도 반응이 비슷했다. 내 채널인데도 은글슬쩍 멸치 쪽으로 돌아서는 사람들이 늘어났다.

- 에이, 그래도 먹방하면 당연히 멸치지. 난 멸치가 이긴다에 한 표.

- 국자 소년도 잘 먹긴 하지만 멸치한텐 상대가 안 될 듯.

　나한테 잘 먹는다며 환호할 땐 언제고 멸치가 나타나자

갑자기 모두 멸치 편이 돼 버리다니! 순간, 묘한 승부욕이 끓어올랐다. 칫. 하자면 내가 못 할 줄 알고? 지난번에도 내가 더 잘 먹었다고.

"좋아요! 해요, 배틀."

나는 호기심 반, 심통 반으로 멸치 제안을 수락했다. 댓글 창이 빠르게 올라갔다. 너무 빨리 올라가서 읽을 수조차 없었다. 사람들이 이 정도로 반응하는 걸 보니 이번에도 내가 잘한 것 같았다. 어때, 이 형님 진짜 대단하지? 나는 어깨를 으쓱하며 카메라 밖 신지호를 쳐다봤다. 그런데 어쩐지 신지호 표정이 심상치 않았다. 엄청 좋아할 줄 알았는데 잔뜩 화난 표정으로 나를 향해 주먹까지 휘두르고 있었다.

촬영이 끝나자마자 신지호가 소리쳤다.

"이영찬, 너 죽을래? 내가 하지 말라고, 손으로 계속 엑스 표시했잖아! 못 봤어?"

엑스 표시? 진짜 못 봤다. 먹으면서 정신없이 댓글 창만 보느라 신지호까진 쳐다볼 생각을 못 했다.

"네가 지금 무슨 짓을 한 줄 알아? 배틀하다 지면, 겨우 들어온 구독자들까지 멸치 채널에 뺏길지도 모른다고!"

아, 그럴 수도 있겠구나. 내가 미처 그 생각까진 못했다. 나는 신지호 눈치를 보며 말했다.

"그럼 내가 이기면 되잖아."

"너 그렇게 자신 있어? 지난번엔 운 좋게 네가 좀 더 잘 먹었지만 그래도 멸치는 멸치야."

그럼 인제 와서 뭐 어쩌라는 건가. 나한테 지기라도 하라는 거야? 하지만 씩씩거리는 신지호를 보니 아무 말도 할 수가 없었다. 신지호가 말했다.

"너 내가 우리 먹방에 얼마나 진심인진 알고 있지? 태어나서 뭔가를 이렇게 열심히 해 본 건 처음이라고. 이러다 네가 망쳐 버리면 진짜 가만 안 둘 줄 알아. 이겨. 꼭 이겨야 해!"

신지호가 소리쳤다. 얼마나 열을 내는지 이마 여드름까지 벌게졌다. 나는 애써 자신 있는 표정을 지었다. 하지만 속으론 벌써 후회가 되었다. 아, 아무래도 내가 괜한 일을 저지른 것 같다.

# 괴물 짜장

드디어 약속된 날이 왔다. 오늘 촬영은 멸치 스튜디오에서 하기로 했다. 멸치 스튜디오는 서울에서도 가장 번화한 도로변, 10층짜리 건물에 있었다. 유튜브를 찍는 스튜디오라니. 조금 떨리고 긴장도 됐다. 신지호도 얼굴이 잔뜩 상기되어 있었다.

"이영찬, 너 오늘 잘해라. 나 진짜 진지해."

신지호는 말은 그렇게 해 놓고서 정작 하는 짓은 반대였다. 건물 앞에서부터 30초에 한 번씩 사진을 찍더니, 스튜디오 앞에선 셀카까지 찍었다. 마치 해외여행이라도 온 사람처럼 말이다. 신지호가 방금 찍은 셀카를 확인하며 중얼거렸다.

"맨날 유튜브로 보기만 했었는데 실제로 와 볼 줄이야."

배틀 수락했다고 잔소리를 퍼부을 땐 언제고 아주 신났다. 촬영하러 온 건지, 구경하러 온 건지 알 수가 없다.

딩동. 스튜디오 현관 앞 벨을 누르자 귀에 연필을 꽂은 아저씨가 나왔다.

"국자 티브이 여러분, 어서 오세요. 일찍 오셨네요."

스튜디오 문이 열렸다. 그런데 애개. 스튜디오는 생각보다 너무 작았다. 고작해야 겨우 우리 집 안방만 한 것 같았다. 멸치 정도로 유명한 유튜버라면 더 크고 멋진 데서 촬영하는 줄 알았는데. 하지만 나는 곧 스튜디오 뒤쪽 카메라에 비치는 화면을 보고서 고개를 끄덕였다. 하얀 벽면과 조명 때문인지 카메라에 담긴 모습은 실제보다 훨씬 넓어 보였다.

우리는 스튜디오 가장자리 의자에 앉아서 멸치를 기다렸다. 아직 방송을 시작하려면 40분이나 남았다. 늦을까봐 일찍 출발했더니 생각보다 너무 빨리 도착한 거다. 배속에선 아까부터 꼬르륵 꾸르륵 꿰르르르륵 엄청난 소리가 났다. 배틀에서 많이 먹으려고 아침도 굶고 왔더니 배

속에서 난리가 났다. 시간이 갈수록 배틀이고 뭐고 간에 빨리 뭔가를 먹고 싶었다.

나는 혹시 몰라 숨겨 온 사탕을 몰래 까며 신지호 눈치를 살폈다. 그런데 신지호는 지금 뭔가 딴생각에 정신이 팔려 있는 것 같았다. 꼭 누구를 기다리는 것처럼 자꾸 문 쪽을 흘끔거리면서 말이다. 멸치는 헤어랑 메이크업 때문에 10분은 더 걸린댔는데 대체 누굴 찾는 거지? 그런데 그때였다. 신지호가 스튜디오 입구 쪽을 보며 손을 흔들었다.

"여기야, 여기!"

앗! 신지호가 손을 들다 내 팔을 툭 치는 바람에 까 놓은 사탕을 떨어뜨리고 말았다. 에잇, 도대체 누구길래 저러는 거야? 나는 울상을 한 채 입구 쪽을 보았다. 투명한 유리창 너머로 하얀 피부의 긴 생머리 얼굴이 보였다. 이세진이었다. 근데 갑자기 이세진이 여기엔 무슨 일로? 신지호가 나를 흘끔 보며 말했다.

"내가 어제 이세진한테 도와달라고 부탁했어. 도통 너를 믿을 수가 있어야지."

나는 눈을 가늘게 뜨고 신지호를 쳐다봤다. 저 자식, 아무래도 수상하다. 매번 나랑 둘이 잘만 찍어 왔으면서 갑자기 왜 이세진을? 혹시 내 핑계 대고 이세진을 불러내고 싶었던 거 아니야? 그건 그렇다 치고, 생각해 보니 이세진도 이상하다. 신지호가 불렀다고 여기까지 진짜 왔단 말야?

이세진은 나랑 신지호는 본체만체 앞만 보고 걸어왔다. 신지호가 자기 옆쪽 의자를 빼 주며 말했다.

"오늘 촬영 있어서 못 올 수도 있다더니 어떻게 온 거야?"

"촬영 취소됐어."

이세진은 신지호가 빼 준 의자를 지나쳐 한 뼘 떨어진 자리에 앉았다. 신지호는 멋쩍은 표정으로 그 의자에 자기가 앉았다. 이세진은 신지호랑 눈이 마주치자 얼른 시선을 피했다. 역시 뭔가 수상한 냄새가 난다.

한동안 어색한 침묵이 흘렀다. 이세진이 휴대폰을 만지작거리다 먼저 침묵을 깨고 말했다.

"사실 오늘 하기로 했던 촬영은 내가 취소한 거야."

순간, 나는 깜짝 놀라 이세진을 쳐다봤다. 설마, 오늘 우릴 도와주려고 방송까지 취소한 거야? 신지호도 엄청나게

감동한 표정이었다.

"내 부탁 때문에 촬영까지 취소했다고?"

그러자 이세진이 두 손으로 손사래까지 치며 말했다.

"아니, 아니. 그건 절대 아니야."

신지호 표정이 순식간에 바뀌었다. 꼭 휴대폰 이모티콘

이 감동 모드에서 민망 모드로 바뀐 것 같았다. 그럼 그렇지. 촬영까지 빼 가면서 우릴 도울 이유가 없지. 근데 그럼 촬영은 왜 취소했다는 거지? 내 표정을 읽었는지 이세진이 말했다.

"그 촬영, 협찬 광고였거든. 나 이제 더 이상 광고 방송은 안 할 거야. 이제부턴 직접 하나하나 써 보면서 내가 진짜 하고 싶었던 유튜브를 하려고. 그리고 내가 지금 이 말을 하는 이유는……."

이세진이 뜸을 들였다. 이세진이 지금 이 말을 하는 이유? 글쎄. 잘했다고 칭찬받고 싶어서? 아님, 나 이런 사람이라고 자랑하려고? 이세진이 손가락으로 입술을 한 번 뜯고는 말을 이었다.

"고마워서야. 사실 늘 마음속으론 이렇게 하고 싶었지만 그동안 용기가 안 났거든. 그런데 전에 신지호 네가 해 줬던 그 말, 그게 나한텐 좀 자극이 됐어."

이세진은 자기가 말해 놓고도 자기가 얼굴이 붉어졌다. 신지호는 이세진한테 안 보이게 입을 가리고 나한테 '무슨 말?' 하고 물었다. 바보 같은 자식. 나는 이세진이 들으라고 일부러 더 큰 소리로 말했다.

"네가 이세진이 멋있다며? 그런 마음으로 유튜브를 하는 줄 몰랐다며? 거의 고백을 해 놓고도 기억이 안 나나?"

신지호 얼굴이 귀까지 빨개졌다. 이세진도 하얀 뺨이 눈에 띄게 붉어졌다. 지금 나를 옆에 두고 둘이 뭐 하자는 거야? 이렇게 셋이 같이 앉아 있으려니 무진장 어색했다. 때마침 스튜디오에 멸치가 들어왔다.

"국자 소년 님, 늦어서 죄송합니다. 대신 오늘 국자 소년 님을 위해 특별히 더 맛있는 음식을 준비했습니다."

멸치가 나에게 악수를 청했다. 그런데 멸치 표정이 어쩐지 좀 이상했다. 입은 웃고 있는데 눈은 노려보는 것 같은 묘한 표정이었다. 그나저나 특별히 더 맛있는 음식이라니 도대체 그게 뭘까?

멸치 채널 스텝들이 조명과 카메라를 세팅했다. 신지호도 쭈뼛거리며 휴대폰을 꺼냈다. 오늘 방송은 국자 티브이와 멸치 채널이 동시에 하는 라이브라 각자의 장비로 촬영을 해야 했다. 번쩍이는 조명과 커다란 카메라 옆에서 신지호의 최신 휴대폰이 처음으로 초라해 보였다. 신지호가 휴대폰 카메라를 세팅하며 말했다.

"이영찬, 미안하다. 이것밖에 못 해 줘서. 그래도 힘내."

그런데 그때, 이세진이 신지호 휴대폰을 치우고 그 앞에 삼각대를 설치했다. 신지호 눈이 휘둥그레졌다. 이세진이 가방에서 제법 괜찮아 보이는 카메라를 꺼냈다.

"내가 예전에 썼던 카메라인데 오늘은 너희도 이걸로 해. 이것도 그렇게 좋은 건 아니지만."

"이세진, 이럼 너무 고맙잖아."

신지호는 좀 있음 눈물이라도 흘릴 것 같은 표정을 지었다. 하긴, 나도 이건 생각지도 못했다. 이번엔 나도 저절로 고맙다는 말이 나왔다. 이세진이 못 들은 척 낮은 소리로 말을 이었다.

"그리고 촬영하기 전에 너희가 알아야 할 게 있어. 실은, 멸치가 조금 안 좋은 소문이 있어. 촬영을 끊어 가며 덜 먹은 음식을 숨긴다는 말도 있고, 조금 남겼는데 다 먹은 척 편집한단 말도."

"에이, 다 헛소문이겠지."

신지호는 그럴 리 없다며 손사래를 쳤다. 내 생각도 그랬다. 설마 저렇게 유명한 유튜버가 그럴 리가. 나는 멸치를 흘끔 쳐다보았다. 멸치와 눈이 마주치자 멸치가 귀까지 입꼬리를 올리며 씨익 웃었다.

카메라에 빨간 불이 들어왔다. 나는 멸치와 미리 맞춘 대로 오프닝 멘트를 했다.

"안녕하세요, 멸치 채널의 멸치."

"국자 티브이의 국자 소년입니다."

다행히 생각보다 별로 긴장되지 않았다. 국자 티브이와 멸치 채널 팬들은 각자 자기 채널에서 이 방송을 보고 있었다. 모두 자기가 구독한 먹방러들을 응원하느라 양쪽 댓글창은 시작부터 난리가 났다. 물론 멸치 채널 구독자가 몇십 배 더 많았지만.

멸치가 입꼬리를 귀까지 끌어올리며 말했다.

"저와 합방을 허락해 주신 국자 소년 님 감사합니다. 그래서 오늘은 국자 소년 님을 위해 저희 멸치 채널이 특별한 메뉴를 준비했습니다."

멸치 채널 스텝들이 커다란 그릇 두 개를 들고 등장했다. 그릇 하나가 얼마나 큰지 촬영하던 아저씨까지 카메라를 고정한 뒤 함께 들어야 했다. 신지호랑 이세진도 무슨 음식일까 궁금한지 까치발을 하고 올려다봤다. 하지만 오히려 그릇 아래쪽을 확인한 나는 그게 뭔지 단번에 알아챌 수 있었다. 접시 밑에 쓰여 있는 글씨는 '청일반점'. 그렇다면 이건 분명!

'앗싸, 괴물 짜장이다.'

나는 속으로 만세를 불렀다.

괴물 짜장. 일반 짜장 10인분도 넘는 엄청난 양으로 유명한 청일 반점의 명물. 면만 많은 게 아니라 야채랑 해물도 엄청나서 맛으로도 유명한 짜장이다. 나는 잠시 내 앞에 카메라가 있단 것도 까먹고 멸치한테 큰 소리로 말했다.

"생일도 아닌데 괴물 짜장이라니. 멸치 님, 정말 고마워요."

갑작스러운 인사에 멸치가 당황했는지 한쪽 입꼬리만 억지로 올라간 미소를 지었다. 양쪽 댓글창이 빠르게 올라갔다. 나는 멸치 쪽 댓글을 슬쩍 훔쳐봤다.

- 배틀을 앞둔 상황에서 인사라니!
- 멸치 구독자지만 국자 소년 님 진짜 귀엽다.

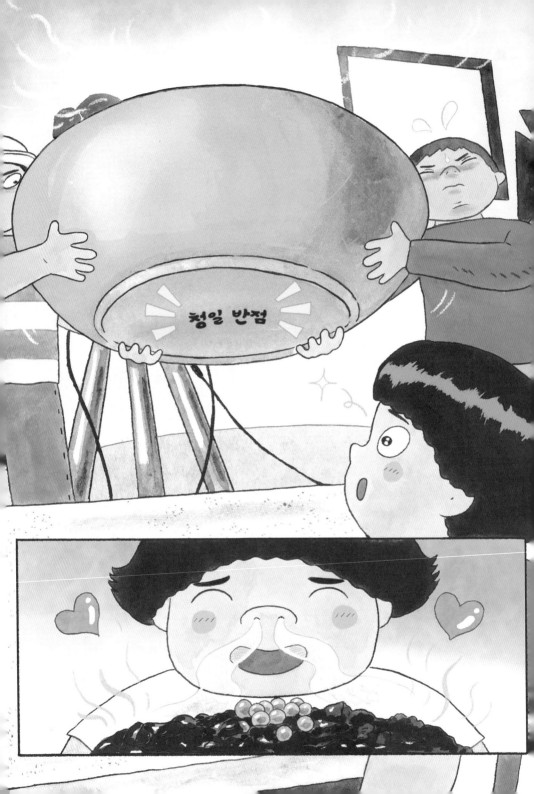

멸치 미간에 11자 주름이 갔다. 하지만 멸치는 다시 입꼬리를 한껏 끌어올리며 말했다.

"자, 음식을 앞에 두고 너무 오래 시간을 끌면 안 되겠죠? 오늘 먹방 배틀 메뉴는 보시다시피 괴물 짜장입니다. 먼저 다 먹는 쪽이 오늘의 승자가 됩니다. 자, 그럼 본격적인 먹방을 시작해 볼까요?"

# 공포의 캡사이신

멸치가 먼저 멸치 송을 불렀다. 나도 이어 큰 소리로 냠 냠냠 송을 불렀다. 빨리 먹고 싶어서 평소보다 두 배나 빠 른 속도로 불렀다. 멸치가 가느다란 집게를 꺼냈다. 나도 크로스백에서 곰돌이 푸 숟가락을 꺼냈다. 100미터 달리 기 경주를 앞둔 것처럼 괜히 가슴이 두근거렸다. 구독자들 도 집중하는지 댓글들도 잠시 멈췄다.

멸치 채널 스텝이 호루라기를 불었다.

삐익.

드디어 본격적인 먹방이 시작되었다. 멸치는 집게로 한 꺼번에 열 가닥 넘게 면발을 집었다. 입은 작았지만 긴 가 닥이 연속으로 빨려 들어갔다. 나도 곰돌이 푸 숟가락으로 짜장을 양껏 퍼 올렸다. 해물과 야채가 한꺼번에 입안으로 들어왔다.

후루루룩. 우걱우걱.

후루루룩. 우걱우걱.

괴물 짜장은 바다였다. 오징어와 새우가 활기차게 헤엄치는 바로 그런 맛.

이제 스튜디오엔 먹는 소리만 들렸다. 지난번 점보 라면 가게에서도 울려 퍼졌던 집중도 높은 먹방의 소리였다. 절대로 줄어들 것 같지 않던 내 그릇이 벌써 꽤 많이 비워졌다. 해물을 좋아하는 나는 면발뿐만 아니라 가장자리에 있는 양념을 함께 공략했다. 양이 줄자 그릇 속의 커다랬던 짜장 동그라미는 어느새 작은 동그라미가 되었다.

나는 슬쩍 멸치 쪽을 보았다. 멸치는 그릇 왼쪽부터 먹었는지 반달 모양으로 짜장이 남았다. 누가 더 빨리 먹고 있는지 가늠이 잘 안 갔다. 그래도 굳이 비교하자면 내가 좀 더 많이 먹었나? 멸치도 곁눈질로 내 그릇을 확인하는 듯했다. 순간, 나는 멸치 미간에 진한 11자가 그려지는 걸 분명히 봤다. 그 후 멸치는 뭔가 생각하는 듯 씹는 속도가 조금씩 느려졌다. 그러더니 잠시 뒤, 멸치가 갑자기 젓가락을 탁 내려놓았다.

대체 무슨 일이지? 짜장에 홍합 껍데기라도 섞여 있었나? 멸치의 젓가락 소리가 신호탄이 되어 멸치 스텝이 삑 하고 호루라기를 불었다. 나도 눈치를 살피며 숟가락을 내려놨다. 촬영 중이라 뭐라고 말은 못 하고, 신지호한테 무슨 일인지 눈짓으로 물었다. 하지만 신지호도 이세진도 무슨 영문인지 두리번거리고 있을 뿐이었다.

멸치가 입가에 묻은 짜장을 닦아 내며 입꼬리를 한껏 위로 올렸다.

"이렇게 계속 그냥 먹기만 하면 너무 재미없으시죠? 그래서 제가 준비했습니다."

멸치가 테이블 밑에서 빨간 병을 꺼냈다. 병에는 캡사이신이라고 쓰여 있었다. 캡사이신이라면 나도 들어 본 적이 있다. 엄청 맵기로 유명한 소스였다. 멸치가 자기 접시에 먼저 캡사이신을 크게 한 바퀴 뿌리며 말했다.

"명색이 라방 배틀인데 그냥 평범하게 먹으면 재미없잖아요? 국자 소년 님도 한번 뿌려 보세요. 아니, 근데 이건 좀 무리시려나? 그래도 진정한 먹방러라면 구독자들을 위해 도전할 줄도 알아야겠죠? 게다가 뿌리면 진짜 더 맛있어진단 말이죠."

멸치가 한쪽 입꼬리를 올리며 히죽히죽 웃었다. 신지호가 갑자기 인상을 쓰며 멸치 팀 스텝한테 뭐라고 했다. 이세진도 옆에서 같이 뭐라고 하는 게 보였다. 캡사이신 소스? 얼마 전 티브이에서 드라마 주인공이 라면에 캡사이신을 뿌려 먹는 걸 본 적이 있다. 도대체 저게 무슨 맛일까? 멸치처럼 이것저것 많이 먹어 본 먹방러가 맛있다니 더욱 그 맛이 궁금했다. 게다가 지금 이런 분위기에서 나만 발을 빼는 것도 모양새가 안 좋았다. 그럼 이참에 한번 뿌려 볼까? 아무리 맵다 해도 남들 다 먹는데 나 역시 못 먹을 것도 없지.

"그럼 저도 한번 뿌려 볼게요."

나는 남은 짜장에 캡사이신 소스를 둥글게 한 바퀴 둘렀다. 신지호랑 이세진이 카메라 밖에서 입 모양으로 나한테 막 뭐라고 했다. 입 모양을 보니 아마도 그걸 진짜 뿌리면 어쩌냐는 것 같았다. 그래도 촬영 중이라 나한테 어떻게 더 하지는 못했다. 걱정 마라. 지금껏 내가 먹겠다고 마음먹은 음식 중에 다 못 먹은 건 하나도 없으니까.

다시 먹방 2차전이 시작되었다. 나는 벌게진 짜장을 한 숟갈 퍼서 입에 넣었다. 그런데 이럴 수가. 짜장이 입에 닿자마자 입술이 부푸는 느낌이 들었다. 불. 이건 그냥 불이었다. 벌건 짜장이 목을 타고 내려가 배 속에 큰불을 지폈다. 입안이 맵다 못해 혓바닥이 따가웠다. 땀, 눈물, 콧물이 동시에 쏟아졌다. 이젠 숟가락이 입술에 닿기만 해도 입술이 부르트는 것처럼 뜨거웠다. 아, 캡사이신이 이런 맛이었다니. 신지호랑 이세진이 난리 친 이유가 있었다.

나는 곁눈질로 멸치를 흘끗 보았다. 멸치 역시 한동안은 잘 먹는 것 같았지만 시간이 지날수록 눈에 띄게 속도가 줄었다. 멸치 얼굴은 이마까지 벌겠고 머리에선 땀이 줄줄 흘렀다. 하지만 그래도 꾸준히 먹어서인지 어느덧 짜장이 나보다 훨씬 많이 줄었다.

순간, 멸치와 잠시 눈이 마주쳤다. 그러자 나도 모르게 승부욕이 돌았다. 나는 다시 힘을 내어 짜장을 한 숟가락 퍼 올렸다. 하지만 입속에 짜장을 넣자마자 입에서 불이 나

견딜 수가 없었다. 이제 어쩌지. 무리해서 더 먹다간 위경련이라도 올 것 같았다. 너무 안타깝지만 여기까지가 내 한계인 듯 했다. 자칫 무리하다간 지난번처럼 병원에 실려 갈지도 모르니 다음 방송을 위해서라도 여기서 그만 멈춰야 할 것 같았다.

그런데 그때, 옆에서 멸치의 한숨 소리가 들렸다. 멸치의 젓가락도 멈춰 있었다. 멸치 그릇엔 아직 짜장이 두 주먹만큼 남아 있었다. 드디어 멸치도 한계가 온 건가. 그런데 그때였다. 나는 입이 쩍 벌어지고 말았다. 멸치가 무언가 결심한 듯 갑자기 젓가락으로 짜장을 한 웅큼 집어 올렸기 때문이다.

세상에, 멸치는 정말 대단한 사람이었다. 글쎄, 그 많은 짜장을 한입에 모조리 우겨 넣는 게 아닌가? 이제 멸치 접시에는 짜장이 한 오라기도 남지 않았다. 드디어 괴물 짜장을 다 먹어 버린 거다.

삐익.

멸치팀 스텝이 호루라기를 불었다. 멸치 접시는 깨끗했고, 내 접시엔 벌건 짜장이 수북했다. 태어나서 이렇게 음

식을 많이 남긴 건 처음이었다.

이번 먹방 배틀은 완벽한 멸치의 승리였다. 하지만 깔끔하게 패배를 인정하기엔 뭔가 찝찝한 구석이 있었다. 아니나 다를까 멸치 팀에서 촬영 끝 신호가 떨어지자 신지호가 소리쳤다.

"어린이를 상대로 이건 너무 비겁하잖아요!"

신지호는 발소리를 크게 내며 스튜디오를 나갔다. 신지호 말이 맞다. 매워도 이 정도로 매울 줄은 몰랐다. 정정당당하게 붙자면서 속은 기분이었다. 나도 팅팅 부은 입술을 물티슈로 닦으며 멸치에게 말했다.

"멸치 님, 정말 너무해요."

그러자 멸치가 어깨를 으쓱하며 말했다.

"내가 뭘? 그깟 캡사이신에 무너지다니 아직 내공이 부족한걸? 그러고도 내 배틀을 받아들였단 말이야?"

그렇게 나오니 배틀에 대해선 더 할 말이 없었다. 하지만 그래도 아직 할 말이 남아 있었다. 내가 멸치한테 화가 난 또 다른 이유.

"배틀도 배틀이지만 맛있는 짜장을 망쳐 놓은 것도 용서

못 해요. 더 이상 먹는 것 갖고 장난치지 말아요!"

내 말에 멸치는 어이가 없단 표정으로 헛웃음을 쳤다. 지금 이 상황에서 이런 말을 하다니 사실 나조차도 이런 내가 이해가 안 갔다. 갑자기 배 속에서 엄청나게 달달한 음식이 땡긴다는 신호가 왔다. 아마도 매운 음식을 많이 먹은 탓인 것 같았다. 그렇담 지금 뭘 먹으면 좋을까? 아이스크림? 생과일 주스? 배틀에서 완전히 지고서도 내 머릿속엔 온통 먹을 것들뿐이라니 내가 생각해도 난 참 어이가 없다. 그래도 어쩌겠는가. 이게 나인걸. 디저트 먹을 생각을 하자 기분이 조금씩 나아지기 시작했다.

# 고수의 탄생

　나는 멸치한테 들리도록 일부러 발소리를 쿵쿵 내며 밖으로 나갔다. 신지호랑 이세진은 건물 밖에서 나를 기다리고 있었다. 그런데 밖으로 나가자마자 이세진이 기다렸다는 듯 갑자기 나한테 휴대폰을 내밀었다.

　"이영찬, 이것 좀 봐."

　이세진 휴대폰에 멸치 채널 댓글 창이 떠 있었다. 옆에 있던 신지호가 말했다.

　"아무래도 우리가 이긴 것 같아."

　도대체 이게 무슨 소리지. 분명 배틀에선 내가 완벽하게 졌는데. 하지만 댓글들을 읽고 나니 이게 무슨 말인지 이해가 갔다.

- 멸치 진짜 다시 봤다. 초딩한테 캡사이신은 너무 비겁한 거 아닌가.

- 국자 소년, 짜장에 캡사이신 뿌리기 전엔 진짜 맛있게 먹던데 안
  타깝다.

- 오늘부로 멸치 채널 탈퇴하고 국자 티브이로 갈아탈 예정.

  멸치 구독자들이 이젠 모두 나를 응원하고 있었다. 국자
티브이 구독자들이 난리가 난 건 말할 것도 없었다.

- 요령 없는 정직한 먹방. 볼수록 국자 소년 님이 최고.

- 승부에 목숨 건 멸치는 패자. 음식을 진정 사랑하는 국자 소년이
  승자.

  이상한 일이었다. 배틀 결과가 어찌 됐든 유튜브에선 완
벽히 내가 이긴 거다. 그리고 그때, 방금 새로 달린 댓글 하
나가 내 눈길을 사로잡았다.

- 국자 소년은 훗날 진정한 먹방의 고수가 될 것임.

  신지호가 댓글 창을 같이 보다 박수를 딱 쳤다.

  "그래. 넌 정말 먹방의 고수가 될 거야!"

  먹방의 고수? 순간, 고수라는 말이 머릿속에 꽂혔다. 고
수. 어디서 들어 봤던 말이더라? 그래, 생각났다. 고수라는
말을 처음 들었던 건, 예전에 할아버지랑 시골에서 바둑을

구경할 때였다. 그게 무슨 뜻이냐고 물었을 때, 할아버지
는 이렇게 말했다.

"고수란 바둑에서 수가 아주 높은 사람을 뜻하는 말이지.
그러니까 누가 우리 영찬이한테 고수라고 하면 영찬이가
엄청난 실력자다, 그런 말이야. 허허."

먹방의 고수. 고수란 뭘까? 고수라는 단어엔 단순히 이
기는 것 이상의 무언가가 있는 것 같았다.

그런데 그때, 지잉지잉 내 휴대폰이 울렸다. 엄마였다.

"이영찬, 어제 사다 놓은 빵들 혹시 네가 먹었니? 그 많은

걸 혼자 다 먹으면 어떡해. 아휴, 내가 못 살아. 어쩌다 저
런 먹보를 낳아 가지고."

엄마 잔소리가 내 귀청을 때렸다. 맨날 듣던 똑같은 레파
토리였다. 나는 휴대폰을 잠시 귀에서 뗐다. 그리고 엄마 목
소리를 흘려들으며 계속해서 늘어나는 댓글 창을 보았다.

– 국자 소년 님 먹는 모습은 보기만 해도 행복. 스트레스 받고, 우
  울했던 마음이 싹 사라짐.

– 병원에서 금식 중인데 국자 소년 먹방에 대리 만족.

– 혼밥으로 외로울 때마다 시청 중. 국자 소년 님과 함께하는 식사
  는 언제나 즐거움.

엄마 잔소리가 귓가에서 점점 작아졌다. 문득 머릿속에
엄청난 생각이 스쳐 갔다. 나는 휴대폰을 다시 귀에 댔다.

"엄마."

나도 모르게 목소리에 힘이 들어갔다. 나는 숨을 크게 들
이마시고 다음 말을 또박또박 내뱉었다.

"난 이제 더 이상 먹보가 아니야."

"뭐, 뭐라고?"

길게 이어지던 엄마 잔소리가 딱 끊겼다. 엄마는 더듬거

리며 말을 잇지 못했다. 그럴 만도 했다. 먹는 거로 구박받을 때마다 한 번도 말대꾸한 적이 없으니까. 하지만 이제 알았다. 이 세상에 쓸데없는 재주는 없었다. 그리고 난 이제 결심했다. 더 이상 그냥 먹보로만 살진 않을 거다. 그럼 먹보 말고 뭐가 될 거냐고? 난 여전히 조용한 휴대폰에 대고 이렇게 말했다.

"엄마, 난 이제부터 먹방의 고수가 될 거야. 내가 얼마나 잘 먹는지 앞으로 계속 지켜보라고."

띵동 하는 명쾌한 소리와 함께 통화가 끝났다. 내 머릿속에서도 띵동 하는 소리가 들리는 것 같았다. 나는 엄마한테 문자로 우리 국자 티브이 링크를 보냈다. 내 결심을 축하해 주듯 마침 눈앞에 먹음직스러운 와플 가게가 보였다. 나는 신지호랑 이세진 어깨에 두 팔을 올리며 큰 소리로 외쳤다.

"와플아, 기다려라. 고수가 간다!"

# 국자 소년이 나가신다

"어떻게 이영찬 애랑은 하루도 조용히 먹는 날이 없냐. 너 대체 언제까지 먹을 거야?"

누나가 샐러드를 깨작거리며 주위를 살폈다. 식당에 있는 사람들이 우리 테이블을 흘끔대고 있었다. 나는 불판 위 가장 큰 고기를 곰돌이 푸 숟가락으로 찍어 올리며 말했다.

"오늘은 아무도 나한테 뭐라 하지 마. 드디어 내 덕에 외식하는 날이니까."

엄마는 웬일로 내 접시에 잘 익은 고기를 옮겨다 주며 말했다.

"세상 살다 보니 원 별일도 다 있네. 그러니까 영찬이 네가 하는 게 '먹' 뭐라고? 그게 그렇게 대단한 거야?"

아빠는 내 고기를 먹기 좋게 잘라 주며 말했다.

"먹방이래, 먹방. 대단하고말고. 이 대리한테 물어보니까 요즘 그게 그렇게 유행이라나 봐."

엄마는 통 이해가 안 간다는 듯 고개를 갸웃거리며 미리 계산을 하러 카운터로 갔다. 그런데 잠시 뒤, 엄마가 두 눈이 튀어나올 듯이 커져서 돌아왔다.

"대체 이게 무슨 일이야. 이번에도 공짜로 먹으라네."

형이 한숨을 푹 쉬며 말했다.

"이영찬, 너 무슨 도장 깨기 같은 거 하냐? 이제 우리 동네에 남은 고깃집이 몇 개나 있냐?"

그런데 엄마가 얼빠진 표정으로 말을 얼버무렸다.

"아니, 이번엔 그게 아니라……."

그때, 고깃집 사장님이 우리 테이블로 다가왔다.

"저기, 국자 소년 님 맞으시죠? 괜찮으시면 사진 한 번만 찍어 주실 수 있을까요? 저희 가게에 걸어 놓고 싶어서요."

아빠도, 누나도, 형도 엄마랑 똑같은 표정이 되었다. 사장님은 이왕이면 가족 모두 함께 찍어 달라고 부탁했다. 말하자면 동네 단골 인증샷 같은 거였다. 당황한 가족들이 쉽게 대답을 못 하자 사장님이 나를 보며 작은 소리로 말했다.

"대신 다음 번 식사도 무료로 해 드리겠습니다. 그리고 혹시 사인도 해 주실 수 있을까요? 저희 아들이 국자 소년 님 찐팬이라서요. 저도 아까부터 봤는데 국자 소년 님만큼 맛있게 먹는 분은 처음 봤네요. 정말 엄청난 재능을 타고나셨어요."

나는 입안 가득 고기를 씹으며 고개를 끄덕였다.

"다음에도 공짜라고요? 그럼 당연히 찍어야죠!"

찰칵하는 소리와 함께 우리 가족이 카메라에 화면 가득 담겼다. 당황스러운 얼굴의 네 사람 사이에 활짝 웃는 내가 있었다. 나더러 도장 깨기를 하냐고? 그래, 그럼 이제부터 정말 도장 깨기 시작이다. 난 이 세상 모든 음식을 다 먹어 볼 거다. 진정한 먹방의 고수가 될 때까지. 음식들아, 기다려라. 나 국자 소년이 나가신다!

## 작가의 말

　저는 어릴 적 특이한 재주가 많았습니다. 집중해서 멍 때리기, 말도 안 되는 상상하기, 선생님 성대모사 하기, 발가락으로 물건 집기 등 모두 쓸데없는 재주였지만 말이에요. 만약 학교에 이런 엉터리 과목들이 있었더라면 전 매번 전교 1등을 독차지했을 겁니다. 하지만 아쉽게도 이 모든 건 말 그대로 쓸데없는 재주였어요. 장기 자랑에서 한두 번 친구들에게 박수를 받은 적은 있지만 그것 말고는 정말 아무짝에도 쓸모없었죠.

　그래서 저는 생각했어요. 차라리 이런 것 말고 다른 친구들처럼 달리기를 잘하거나 그림을 잘 그렸다면 얼마나 좋았을까. 만약 그랬다면 장기 자랑 시간이 아니라 수업 시간에도 칭찬받을 수 있었을 텐데…….

　그렇게 몇십 년이 지나 어른이 된 저는 달리기 선수나 화가는 못 되었지만 이렇게 동화 작가가 되었습니다. 그리고 매일 글을 쓰던 어느 날, 잠시 창밖을 바라보며 멍을 때리던 저는 놀라운 사실 하나를 깨달았습니다. 어릴 적 가졌던 저의 잔재주가 오늘의 저를 만들어 냈다는 걸 말이죠. 엉뚱한 상상력은 늘 창작의 원동력이 되어 주었고, 성대모사를 즐기던 저의 관찰력은 동화 속 대사에 생동감을 주었어요. 심지어 발가락으로 물건을 집는 재주 덕에 저는 동화를 쓰는 도중 일어나지 않고 휴대폰으로 문자를 확인할 수 있었지요.

그래서 저는 알게 되었습니다. 이 세상에 쓸데없는 재주는 없다는 걸 말이지요. 동화 속 영찬이처럼 말이에요. 저는 여전히 가끔 말도 안 되는 상상을 하고, 집중해서 멍 때리기를 하며 누군가의 성대모사로 다른 사람을 웃기기도 합니다. 그리고 지금은 발가락으로 무릎 담요를 집어 따뜻하게 작가의 말을 쓰고 있지요.

그러니 여러분, 여러분의 재주를 가볍게 여기지 마세요. 여러분이 가진 크고 작은 재능들이 모두 모여 언젠가 더 멋진 여러분을 만들어 줄 테니까요.


작가의 말을 다 쓴 후 발가락으로 리모컨 버튼을 누르며,

동화 작가 주봄

북멘토 가치동화 67

# 먹방의 고수

1판 1쇄 발행일 2025년 2월 10일

글쓴이 주봄  그린이 국민지  펴낸곳 (주)도서출판 북멘토  펴낸이 김태완
부대표 이은아  편집 김경란, 조정우  디자인 안상준  마케팅 강보람  경영기획 이재희
출판등록 제6-800호(2006. 6. 13.)
주소 03990 서울시 마포구 월드컵북로 6길 69(연남동 567-11) IK빌딩 3층
전화 02-332-4885  팩스 02-6021-4885

🏠 bookmentorbooks.co.kr        ✉ bookmentorbooks@hanmail.net
📷 bookmentorbooks__            Ⓑ blog.naver.com/bookmentorbook

ⓒ 주봄, 국민지 2025

ISBN 978-89-6319-630-5  73810

인증 유형 공급자 적합성 확인  **제조국명** 대한민국  **사용연령** 8세 이상
KC마크는 이 제품이 공통안전기준에 적합하였음을 의미합니다.
종이에 베이거나 책 모서리에 다치지 않도록 주의하세요.